se eu soubesse contar infinitos

se eu soubesse contar infinitos

Mayra S. Mayor

Rocco

Copyright © 2025 *by* Mayra S. Mayor

Imagens do separador: Freepik

Direitos desta edição reservados à
EDITORA ROCCO LTDA.
Rua Evaristo da Veiga, 65 – 11º andar
Passeio Corporate – Torre 1
20031-040 – Rio de Janeiro – RJ
Tel.: (21) 3525-2000 – Fax: (21) 3525-2001
rocco@rocco.com.br|www.rocco.com.br

Printed in Brazil/Impresso no Brasil

Preparação de originais
Roberto Jannarelli

CIP-BRASIL. CATALOGAÇÃO NA PUBLICAÇÃO
SINDICATO NACIONAL DOS EDITORES DE LIVROS, RJ

M422s

   Mayor, Mayra S.
     Se eu soubesse contar infinitos / Mayra S. Mayor. - 1. ed. - Rio de Janeiro : Rocco, 2025.

     ISBN 978-65-5532-563-8
     ISBN 978-65-5595-366-4 (recurso eletrônico)

     1. Ficção brasileira. I. Título.

25-97747.0
                     CDD: B869.3
                     CDU: 82-3(81)

Meri Gleice Rodrigues de Souza - Bibliotecária - CRB-7/6439

"Escrevo assim minhas palavras na voz de uma mulher sagrada."

Caetano Veloso

Para as tantas mulheres que
me contaram essa história.

O caderno de Tereza e Carolina

Se você vai ser mãe, saiba que não estará livre de ser incompreendida.

Crianças podem ser tiranas, adolescentes ainda mais e mulheres adultas nos ferem até arrancar a pele.

Antes

Francisco não parava de me olhar.

Ele me tirou para a pista. *I can't get no satisfaction...* Era um baile da faculdade de Jornalismo. As luzes queimavam a minha pele. Eu transpirava no vestido preto e branco, deslizava a sapatilha nos tacos de madeira, balançava o brinco redondo, descabelava o penteado meio preso. Eu espremia o olho delineado para ver o Francisco entre a fumaça.

Fazia uns dois anos que eu tinha chegado ao Rio, cursava Arquitetura.

A gente caminhou por longas horas pela mureta da Urca. Ele pegou na minha mão, me deu um beijo na porta de casa, anotou meu número no caderninho. No dia seguinte, telefonou. Saímos para um tomar um sorvete e começamos a namorar ao sabor de passas ao rum. O amor era simples naquela década, seriedades nos ocupavam.

Francisco gostava de recitar Drummond e, sempre que partia para algo extraordinário a quadrados, ele brincava: "Vai, Francisco, ser gauche na vida."

Vendia almoço para pagar o jantar. Sua família morava no Méier, os pais tinham quatro filhos e uma mercearia onde todo mundo trabalhava junto. Meu Francisco foi o único deles a cursar a faculdade. Aceitava um mínimo por mês para custear o aluguel da república onde vivia, em Botafogo. Não achava justo que a família de trabalhadores financiasse um filho poeta. *Gauche*.

Eu gostava dos passeios ao Méier. Minha sogra nos recebia com arroz, farofa e galeto. Com o tempo, os irmãos começaram a ter filhos, e as crianças se espalhavam pelo quintal junto com cachorros e gatos. Eu seguia a cartilha, ajudava a tirar a mesa e lavava a louça, enquanto minhas cunhadas se ocupavam dos filhos e maridos. A mãe do Francisco elogiava minhas pulseiras, óculos escuros, anéis. Eu sempre esquecia algo com ela. A mulher havia deixado seu tesouro comigo, será que ela sabia?

As cunhadas não disfarçavam a repulsa, eu era moderna e paulista. O que fazia no Méier com um pé-rapado? O problema é que Francisco tinha aquele jeito de sonhador, achava que a vida podia ser maravilhosa. E me chupava como ninguém. Eu seria feliz com ele em qualquer lugar, como fui. E voltaria sorrindo a cada domingo ao Méier, se esse fosse o nosso destino.

Aos poucos entendi que não era. Eu percebia que as visitas ficavam mais esparsas. Francisco volta e meia era deixado de fora da conversa quando seu pai e irmãos falavam sobre a mercearia, os clientes, a lista de devedores. Tinham planos de fazer uma papelaria ao lado, queriam juntar dinheiro para arrendar o terreno e a lista do fiado só aumentava: dona Divina tinha o marido acamado, seu Carlos devia dinheiro ao jogo, Glorinha estava grávida e o esposo sem emprego. O assunto emendava no Vasco e de repente, sem aviso, chegava em Jango. Os militares estavam certos, não dava para correr o risco, eles diziam. Imagina se o louco ganha? O que esses jovens tinham na cabeça? Bando de festivos. Em vez de trabalhar para colocar pão em casa...

Nessa hora, silenciávamos. Eu elogiava a boneca da menina, Francisco se levantava, pegava o cinzeiro, acendia um cigarro.

Meu Francisco não era do conflito, não em casa. Balbuciava um comentário bem baixinho, "vocês não sabem o que dizem", cantarolava Chico Buarque e esvaía a discórdia no alcatrão. O pai fingia não ouvir e cada vez lhe dirigia menos a palavra.

Viga por viga, a família erguia uma cortina de ferro na mesa do quintal. A crença entre os muros do Méier era a de que os milicos construíam um país. Que importava a censura? A turma queria ouvir Roberto Carlos e tirar o pescoço da lama. Nesse cenário, a poesia do Francisco virava um capricho de filho caçula, uma coisinha que, pensando bem, não ia levar ninguém a lugar nenhum.

Agora, nas visitas, éramos recebidos pela minha sogra. As cunhadas lavavam roupa, os homens passavam os domingos fechados na mercearia, batendo o caixa. Eu desenhava com as crianças, com giz e tijolo no chão de cimento. Levávamos de volta para Botafogo um bolo formigueiro na forma coberta com um pano de prato. Na visita seguinte, eu devolvia a forma vazia, os círculos no chão ainda estavam inteiros. Com o tempo, as idas ao Méier se esgarçaram e os círculos mal se viam, até a vez em que tinham desaparecido.

Não sei quando a luz e a sombra começaram a me chamar. Os vitrais da faculdade espelhavam cores na tela onde não havia tinta. Eu me lembrava da infância em São Paulo, da janelona que na fresta mais alta exibia vidros coloridos. Todas as cores estavam ali. As sombras dançavam ao longo do dia pelo sofá, pelas tábuas de madeira, pela toalha de mesa branca. Eu brincava de entrar e sair da sombra, entrar e sair das cores. Dentro delas era quente e secreto.

Meus pais entenderam cedo que não controlariam meu destino. Eu quis ser luz e sombra, as penumbras me moldaram. Antes que eles planejassem me impedir, ou arrumassem um fazendeiro para eu me casar, eu me mudei para o Rio de Janeiro.

Quando conheci Francisco, ele já lutava. E eu comecei a lutar por Francisco.

Amava ouvi-lo falar. Eu sorria, esparramava os cabelos e pedia que ele dissesse mais. E mais. Francisco declamava Quintana, Vinicius, *e de te amar assim, muito e amiúde é que um dia em teu corpo, de repente hei de morrer de amar mais do que pude.*

Emendava uma ideia na outra, um cigarro no outro, e soprava certezas.

Citava Marx, Sartre.

— Tem um cara chamado Foucault, escreve uns lances interessantes.

Eu não conhecia. Escutava os verbos do meu Francisco, um a um, com a cabeça apoiada entre as mãos. Olhava para aquelas pupilas graúdas, achava tudo magnífico; sua voz, suas convicções, o cabelo escuro, a valentia e as sobrancelhas grossas.

— Você viu o que fizeram na Praia Vermelha? Um massacre, obrigaram os estudantes a passar por um corredor polonês, bateram feio neles.

Eu ouvia o Francisco e pensava em cores. Cinza, vermelho, preto, amarelo.

Ele escrevia poemas minimalistas. Palavras pontudas, que fincavam pé e faziam sangrar. Francisco interessava-

-se pela vida e por mim. Arrepiava meu corpo inteiro ao soprar em minha nuca e dizer que o mundo não seria igual depois dos meus desenhos, já que ele não era o mesmo depois de nós.

Eu lhe trazia leveza, abstração; ele me dava chão, uma terra onde pisar, cheiro de chuva que fazia meus matos crescerem por dentro. Eu não conseguia me separar dele, e então ele me levava, numa reunião ou outra, em festas dos estudantes de jornalismo, nas rodas que julgavam as escolhas do Festival da Canção. E com eles eu aprendia. Escondia, às vezes, de onde vinha — os cafezais paulistanos não tinham nada a ver com os cantos de revolução.

Quando chegávamos ao quarto dele, não importava a hora que fosse, Francisco sentava à escrivaninha, acendia a luz da luminária de ferro e escrevia em seu caderno. Eu deitava na cama, olhava pela janela, esperava. Via o céu cheio de estrelas, pensava nas retas que traçaria entre uma e outra, em que cor teriam aqueles astros quando vistos de perto.

Francisco fechava o caderno sem nunca me deixar ler.

— Ainda preciso ver no que vai dar.

Passávamos horas ouvindo discos, e vendo no que daria. Os Mutantes, Beatles, Caetano. A gente fazia de um tudo para se divertir naquela cama de solteiro. Mas, por mais que eu pedisse, Francisco não rompia a minha fenda. Ele tinha uma preocupação com o futuro de mocinha que eu não queria ter. Eu estava pouco me lixando.

A gente não ficava trancado todo o tempo que eu gostaria na república de Botafogo, jamais até depois das dez, para não dar o que falar. Também não podíamos marcar tempo em Copacabana, no apartamento que eu dividia com duas amigas do interior de São Paulo. Francisco tinha receio, a notícia de que um homem habitava meus lençóis poderia chegar a papai e mamãe.

A gente se virava, entre colchões e reuniões estudantis, entre amor e ideais, com a pele cada dia mais esfolada. E eu mais e mais imbuída das verdades do Francisco.

Quando mataram o Edson Luís, fui com ele ao velório. Chegamos na Assembleia Legislativa ainda de madrugada, eu não sabia o que iria encontrar. O rapaz em cima de uma mesa, sem camisa, a cabeça apoiada num fichário como se ainda precisasse de um travesseiro. Francisco ouvia os discursos e algumas lágrimas escorriam por trás dos seus óculos.

Olhando para aquele corpo de menino desfalecido, que parecia um anjo, mas também parecia um de nós, o rosto virado para o lado, as mãos juntas, como se descansasse, como se dormisse, só que para sempre, olhando para aquele menino morto, entendi que o meu Francisco escrevia não só por ele, ou para ele. Escrevia por todos nós. Por nossa juventude, pelo nosso direito de existir e de lutar. Ali entendi por que eu amava tanto aquele cara.

Ficamos na Assembleia até a hora do cortejo. Saímos junto com a multidão. Das janelas, rostos e pétalas acompanhavam nossas passadas vespertinas.

Cruzamos a Cinelândia, o Pathé e o Odeon exibiam *À queima-roupa*, *A noite dos generais* e *Coração de luto*. Caminhamos até o São João Batista, Francisco em momento algum soltou a minha mão.

Juntos, vivos, cantávamos a "Valsa do adeus".

Nunca fui próxima de Deus, mas jamais duvidei dos padres. Eu tinha medo de entrar na capela da fazenda dos meus pais. Passava pela porta, olhava ali por dentro, andava de um lado pro outro, espiava pelos vidros de fora da janela. Por vezes, entrava correndo, deixava um dente-de--leão no altar e saía esbaforida.

Não sei bem o que temia; talvez que Jesus me levasse, que aparecesse um santo e me contasse um segredo, ou viesse o diabo e me dissesse que estava tudo certo. Eu tinha noção de que não era o que chamavam de boa menina. Eu não sabia costurar, fugia das aulas de catecismo, sujava de terra os vestidos recém-engomados.

Com todo o pavor das igrejas, tive vontade de ir à missa do Edson Luís. Pedi ao Francisco que me buscasse. A igreja da Candelária em outros dias me encheria de medo, mas naquela tarde ela me acolheu em sua grandiosidade. Eram muitos de nós. Olhos assustados, encardidos do gás lacrimogênio que a polícia espalhava nas redondezas desde a manhã. Olhos desentendidos, acuados pelo que nos esmagava, sem enxergar para onde caminhavam.

A gente era jovem e tinha medo de morrer de susto, de bala ou de vício. Durante a ladainha, ouvi os padres com respeito. Pensei que eu deveria ter frequentado, afinal, as aulas de catecismo; em instantes como aquele teria sido bom ter um dedo de prosa com Deus.

Divaguei por esses ventos durante todo o sermão. Aí veio a comunhão, eu não ousei chegar perto. Olhava a fila de pessoas e pensava no verbo "comungar", imaginando o barato sagrado que a hóstia dava.

Foi então que começamos a ouvir a cavalaria. Cascos e relinchos. Começou um burburinho, o padre disse para não sairmos. A gente só estava rezando, ou nem rezando, a gente só estava lá, juntos para guardar calor. Em luto por aquele menino, que, ao dormir, não tinha mais o nó no peito que eu e Francisco carregávamos.

Todo mundo se acumulou no portão. Eram muitos cavalos. Lindos, fortes e pobres, não sabiam o que faziam. Os padres saíram da igreja, deram as mãos para proteger os estudantes. Baita de uma coragem, dava para ver e cheirar.

Anoitecia. Atrás do cordão humano, eu me escondia nos ombros magros do Francisco. Com o apoio dos padres, saímos aos poucos, devagarinho. Pegamos a Rio Branco, sempre de mãos dadas. Seguimos pela avenida sem olhar para trás. Caminhamos alguns metros e então sentimos que havia alguém atrás de nós. Pelo barulho das pisadas, a gente sabia que era mais de um. Apressamos o passo, não corremos, não olhamos. Eles aceleraram a passada em resposta. Ouvi as ferraduras no asfalto. Apertei a mão do Francisco, até tirarem ela de mim.

Três policiais derrubaram meu amor no chão, bateram nele com cassetetes. Fiquei paralisada. Por mais que nossos amigos descrevessem barbaridades, eu não imaginava uma violência daquelas. Não com o meu Francisco. Eu berrava, ninguém me ouvia. Em volta, numa barulheira, eu escutava cada uma das pauladas que davam nele.

Francisco, do chão, achou meus olhos. Mandou que eu corresse. Não me mexi. Uma estudante me pegou pelo braço e me arrancou dali. Olhei para trás o quanto pude. Eu ainda berrava, a menina argumentava que nada podíamos fazer. Ela me carregou até o Aterro do Flamengo e me enfiou num ônibus. Eu me sentia um estrume. Fraca.

Fui até a república, mas o porteiro não me deixou esperar por Francisco.

— Vamos rezar para que ele volte — me disse, num misto estranho de sadismo e pena.

Voltei para casa, andei quilômetros e quilômetros dentro do apartamento de Copacabana. Liguei para todos os amigos que poderiam ter notícias. Chorei, rezei pela primeira vez.

— Deus, faz pouco tempo que a gente se conhece. Sei que não somos próximos, sei que faltei o catecismo, mas por favor traz ele de volta.

Às cinco da manhã a campainha tocou. Meu Francisco, ensanguentado, com um olho fechado de tanto levar porrada. Ele fedia.

Contou que, enquanto era espancado, chegaram vários estudantes e policiais, formou-se um confronto generalizado com os cavalos em volta. Ele apanhou por muito tempo, levou pisada, soco no estômago, no nariz, no olho. Alguns outros guardas atiraram bombas de gás lacrimogênio, foi o que atrapalhou a própria polícia. Francisco, então, conseguiu fugir.

Mesmo machucado, correu como nunca havia feito, achou uma lata de lixo na Graça Aranha e entrou nela, ficou ali por horas. Teve medo de sair, teve nojo de ficar, teve culpa de se esconder. Ouviu camburões passarem, ouviu amigos sendo presos. Sentiu vontade de gritar, bater. Mas nada fez, aceitou, resignado, o cheiro azedo, o líquido da matéria que apodrece, o fétido misturado ao corpo. Sua covardia para sempre suja.

Abracei o meu Francisco e o trouxe para dentro. As meninas poderiam falar o que quisessem, eu não estava nem aí. Cuidaria do meu amor por dias e noites, com banho quente, ouvidos e água oxigenada. Até quando precisasse de mim.

Estávamos no Salão Nobre, no Palácio da Guanabara, nós e a turma do jornalismo, degraus abaixo dos grandes. Gil, Nara, Clarice, Milton, certos da história.

Francisco babava os intelectuais, e eu venerava o Francisco. Vivemos com os dois pés a gestação da Passeata dos Cem Mil. Queríamos falar por Edson Luís, por Benedito, pelo massacre do Teatro de Arena, pelo espancamento do meu amor. Queríamos ir para a rua e voltar para casa.

Naquela quarta-feira de junho, chegamos ainda de manhã. Vimos desaguarem pequenos rios, córregos de professores, artistas, operários, estudantes. Da escadaria, de terno e brilhantina, Vladimir mandou que sentássemos. Nós obedecemos, espremidos num pedaço de meio-fio da Cinelândia. Minha saia justa desviava os joelhos para o lado, nossos queixos para cima olhavam o infinito. Tirei do bolso o orgulho de quem éramos, o orgulho do meu Francisco e de sua luta que já era minha.

Seguimos até o final absorvendo os discursos de tantos que admirávamos, Tônia, Chico, Leila. Mães reclamavam filhos desfigurados, padres protegiam freiras, cartazes escancaravam sentimentos. Do alto, aplausos. Pedíamos que descessem. A nossa turma estava feliz, era inédita a alforria para circularmos só com o grito do peito. Com a paixão que sentíamos pelo país, com as dores que sangrávamos.

Caminhamos por horas, sorrimos por horas, gritamos até o horizonte, certos de que o futuro não seria fácil, mas a vitória desse dia ninguém tiraria de nós. Aquele era um dia de festa, chuva de papel picado e voz rouca de cantar.

Voltamos a salvo, um sonho. Um delírio. Brindamos com a nossa turma no Cervantes. Ao amanhã! O porvir seria lindo. Poderia demorar, mas ele era nosso.

Francisco me deixou em casa, e pedi que ele subisse. Minhas companheiras de apartamento estavam em São Paulo, ele sabia e o porteiro também. Francisco argumentava que era tarde, o que o seu Djalma pensaria da gente? O dilema do sobe não sobe dava voltas no quarteirão. A cada vez que chegávamos ao portão do prédio, ele rateava.

Até que, depois da quarta ou quinta vez, eu o puxei. Passamos reto pela portaria. Entramos no elevador, depois no quarto.

Francisco tirou o caderno da bolsa, sem jeito. Anotaria o que vivemos. Pedi que ele não escrevesse na hora. Depois. Era muita felicidade, era todo aquele dia e, para ser sincera, nada sabíamos do depois.

Abri devagar a minha blusa, botão por botão. Deslizei o fecho da saia lápis.

— Hoje, Francisco. Vai ser hoje.

Meu amor suspirou, ajeitou os óculos.

— Só se você prometer que vai ser minha para sempre.

Prometi.

E fui.

Eu e Francisco nos casamos em 1968, na capela da fazenda dos meus pais, como mandava a escritura. Todos estavam lá, meu sogro, minha sogra, meus três cunhados, suas respectivas e a penca de crianças — quem sabe ainda conseguiam uma vaga de pajem e dama.

As famílias se cumprimentaram protocolarmente. Meus pais, com a vergonha que tentavam esconder entre os talheres de prata e *flûtes* de cristal. As taças tilintavam o discreto bolo com champanhe de um patriarca de testa franzida, que esperava mais para sua filha. O outro clã trazia a dignidade dos meus sogros, que carregavam no bolso o que tinham construído. Sua decência vinha misturada com o deslumbre ingênuo da prole, no encontro com o constrangimento dos meus velhos.

Bênção, foto, brinde, borbulhas. Nada esfuziante. O sorriso da minha mãe, cheio de verdades íntimas, que guardei no coração. Nunca tive grandes conflitos com meus pais, embora não conseguisse tê-los muito por perto. Eles não me faltaram, ao contrário, proveram a mim e ao Francisco pelo tempo que precisamos, e foi bastante.

Invejo o desprendimento deles, essa generosidade de me deixar ser quem eu era. Eles me aceitavam longe, e davam a mim tudo que me alimentava. Meus pais nunca foram dos abraços, nem dos chamegos. Ainda assim, me amaram à sua maneira, e eu soube. Há uma diferença na potência do filho que se sabe amado. Hoje vejo, a duras penas.

Ao anoitecer, Francisco levou a família à rodoviária em duas viagens. Tinham vindo de ônibus e assim voltariam, pois o carro que tinham estava há dois meses na oficina. Voltariam naquele mesmo dia para o Méier.

Esperei por meu marido sozinha, deitada no sofá de veludo cotelê dos meus velhos. Eles já tinham se recolhido do casamento da única filha, quando os poucos convidados foram embora.

Francisco entrou pelo portão que emoldurava um celeste. Naquele instante, pensei que esse seria um lindo nome para uma criança... Sem sapatos, continuei deitada no sofá, com o vestido de camadas desvendadas pelo cansaço. Eu estava exausta de fazer de conta que era quem não era mais, ou nunca tinha sido. Vestida de bolo de noiva, comia um pedaço.

Meu marido me olhou com aquele sorriso que me matava e me fazia viver. Andou devagar até mim, passou o dedo no prato, roubando um pouco do glacê. Me beijou, me pegou no colo e me levou para o quarto. A gente teve poucos clichês ao longo da nossa vida. E, por terem sido poucos, foram sempre bem-vindos.

Francisco enfrentou um a um os botões de seda, com a paciência que ele cultivava e eu jamais teria. Deixou o vestido cair pelo chão, revelar-me. Deu a volta em torno do meu corpo, com o indicador tocando suave a minha cintura, o meu quadril. Eu tentava encará-lo de volta, com olhos ainda tímidos. Gostava do jeito que Francisco olhava as minhas coxas, os meus peitos; ele se demorava nisso e a espera me acendia. Enfim ele se aproximou, e sabia onde ir.

Naquela noite, nos amamos e deixamos nosso júbilo ecoar pelos corredores da velha casa, pelas portas e janelas que rangiam de felicidade por nós, pela fresta por onde entrava luz e saía vida.

A festa de casamento foi no Rio. Essa sim, a nossa cara cuspida. Escolhi um vestido reto, seco, usei uma gigante flor vermelha no cabelo. Enfeitamos a casa que meus pais acabavam de nos dar de presente, na rua Joana Angélica. Vieram os festivos, que eram a nossa família naqueles anos, nenhum parente original de fábrica foi convidado.

Confetes e serpentinas espalhados pelo chão, fotografias em preto e branco de sorrisos, suor, abraços, purpurina. Uma roda de violão, cerveja gelada. Gritos aglomerados bradavam ao céu *daqui pra frente, tudo vai ser diferente*.

Lá no fundo, a gente sabia que ainda faltava um bocado para o Brasil ser outro, para o mundo ser novo. A gente sabia, e daí? Era 7 de dezembro de 1968.

Eu não pressentia quão diferente seria a nossa vida, o que mudaria do oito pro nove. "O Beto andou ouvindo que a coisa vai esquentar." O que podia piorar? Estudantes eram humilhados, espancados, presos, mortos; a gente estava no meio do furacão. Meu Francisco tinha passado uma noite inteira no lixo, com o olho rasgado. Ele havia escrito um livro de poemas que não conseguiria publicar, a censura comia solta. Martin Luther King estava morto, Praga tinha sido tomada por tanques, Edson Luís dormia para sempre. O que viria de mais nefasto?

Em 13 de dezembro de 1968, baixaram o AI-5. Congresso fechado, censura prévia, nem reuniões a gente podia fazer mais. Estava tudo acabado, e a nossa vida só começava.

Uma semana depois, eu falei baixinho no ouvido do Francisco, dentro do cinema:
— Tô grávida.
Ele apertou minha mão, e nada dissemos. Há um tempo a gente almoçava e jantava o medo. Medo e revolta, medo e revolta. Sensações que não combinam entre si, mas que, às vezes, são obrigadas a conviver num único ser humano. No entanto, não éramos, agora, só nós. Jamais estaríamos a sós de novo. Éramos três. Uma vida a nascer, um poeta amputado, uma artista em silêncio. Éramos três e precisávamos de luz.

Na noite de 24 de dezembro, a gente viajou para a França. Sem Natal e nem outros planos. "Vamos lá sentir o clima." Eu queria saber o cheiro dos movimentos artísticos, já tinha ouvido falar que o M. Diaz, um pintor cinético peruano radicado em Paris, recebia alguns jovens para temporadas de pesquisa. E, além das contas, Francisco e eu não tínhamos tido uma lua de mel. Seria só uma temporada.

Paris não era o lugar mais tranquilo para se estar naquele momento, mas a gente poderia tentar. Quem sabe Francisco não terminava de escrever seus poemas, com certa distância da tragédia? Vai ver eu conseguia traçar umas retas.

Nem para nós mesmos tivemos coragem de admitir a verdade. A verdade era triste, fugia das nossas mãos, assim como a gente fugia do Brasil. Há lances que vivemos melhor quando não ditos em voz alta. Há decisões que requerem eufemismos.

Tranquei a casa que acabava de ganhar. Passei a chave em nossos sonhos, fui atrás de outros. No avião, a gente trocou poucas palavras. Eu sentia muito sono, e Francisco olhava o breu pela janela. Nunca perguntei o que ele pensava. Meu coração batia numa mistura de vergonha e alívio. Imaginei que ele vibrasse na mesma dicotomia, mas não cheguei a conferir.

Três dias depois, enquanto procurava um apartamento em Paris, soube que Caetano e Gil tinham sido presos no Brasil. Mas meu Francisco estava lá, comigo.

Eu nunca brinquei de bonecas. Se não fosse o meu Francisco, não teria sido mãe. Ele veio com aquele papo de legado, linhagem, curso natural das coisas e, quando vi, batia um coração dentro de mim.

Paris em 1968 fervilhava, os estudantes lutavam pelos mesmos direitos que nós. Era magnífico e diferente, porque agora eu carregava outra vida. Eu me ausentava do que acontecia lá fora. Um corpo, quando gera outro, ganha certa alienação, um grau de abstração quanto à realidade, um sobrenatural que transcende gritos, matéria, circunstâncias. Aquelas moléculas tiravam tudo das minhas; energia, vitalidade; sobrava pouco. O que restava, eu dava à minha arte e ao meu Francisco.

Ele continuava agarrado em seus poemas, começou também a escrever alguns artigos; não havia mais censura para o meu amor. E eu fui estudar. Descobri em mim uma ambição que nunca tive. Queria crescer. Se tinha um legado com o que eu começava a me importar, era o meu, artístico. Consegui a vaga no atelier do M. Diaz, foi mais fácil do que imaginei. O que nos é destinado acontece sem grandes amarras, assim acredito. As janelas se abrem, o vento entra, o caminho é macio. Em minha vida, algumas jornadas se materializaram tão claras que eu simplesmente segui.

M. Diaz era peruano. Ainda assim, eu o chamava de *monsieur*, como todos os outros alunos: quatro franceses, uma alemã, um americano da Califórnia, uma chinesa fugida de Mao Tsé-Tung. Eu e M. Diaz éramos os únicos corações fincados na América Latina, talvez por isso tenha sido brisa. Ele falava francês durante as aulas. Quando era só comigo, disparava um espanhol afoito, represado por horas. Depois, ele se tocava de que eu não havia entendido, rebobinava e repetia com a voz suave. Aos poucos, eu passei a traduzir aquele senhor.

M. Diaz começava a encolher pela idade. Magrinho, tinha os cabelos desgrenhados e gostava de usar uma echarpe no pescoço, não importava se fizesse um sol de verão. Eu supunha que fosse um jeito de esconder as rugas, a vaidade tem tantas formas de se manifestar... Ele falava sobre estratégias para o nado em mar aberto, emendava no matriarcado dos elefantes, e, quando eu via, a gente estava em Braque, em Manet e depois viajava dois mil anos até o Egito.

Nunca contei ao M. Diaz nem aos meus colegas que estava grávida. Minha barriga crescia, eles viam. Aos poucos, me retribuíam gentilezas, não me deixavam subir na escada, nem carregar peso. A gravidez, em si, jamais foi falada. Os assuntos ali estavam em outra alçada, no campo das ideias, do transmutável, do eterno. Um corpo era só mais um corpo, um filho era só mais um filho. A vida seguia, os rascunhos eram feitos, as bisnagas de tinta, espremidas. O que restaria depois de todos nós seria a nossa arte, somente ela.

Quando eu voltava para casa, Francisco me dava as notícias que tinha do Brasil. Agora nada parecia mais urgente. A ditadura era um grão de areia num cosmo temporal. Sabíamos dos amigos, por vezes a gente encontrava um ou outro exilado na Europa. Mas dia a dia éramos só mais um casal que começava a vida num lugar distante. A cada mês mais juntos, ocupados com o futuro, com a família. Paris me inspirava e eu dava saltos, enfim eu farejava a minha arte.

Em 1969, Francisco conseguiu uma bolsa de estudos na Sorbonne, com um auxílio financeiro. Eu tinha a grana da minha família, que nos ajudava, sobretudo depois que souberam da neta iminente. Passamos a viver com folga e com gosto. Com menos culpa e mais patê, mais tesão e menos grilos. E aquela cidade merecia ser devorada de garfo e faca.

Esse misto de egoísmo e euforia até hoje dá saudades. A menina girava em minha barriga, os foguetes rodavam em volta da Terra e eu iniciava os círculos que faria por toda a vida.

Compramos uma TV para ver o homem pisar na lua. Assistimos do nosso pequeno sofá, abismados. Éramos eu, Francisco e meu útero, as únicas testemunhas da mágica que o aparelho nos mostrava. A humanidade era mesmo capaz de belezas.

— Pena que os russos não chegaram primeiro, foi quase. — Francisco me entregava uma pequena taça.

Brindamos com *champagne*, ligamos o som, dançamos o desconhecido. O que esperava por nós, depois da esquina?

Alice Celeste nasceu em Paris. Embora eu tenha dado a ela ares de céu, minha filha tinha os dois pés enterrados no gramado da Place d'Italie.

O apartamentinho, no térreo de um prédio a três quadras da praça, era acanhado, mas seu jardim de inverno me servia de atelier até o frio severo chegar. Alice não me deu trabalho e Francisco nasceu para ser pai. Lavava roupas, trazia água quando eu amamentava e brincava com Alice durante meu descanso entre as mamadas.

Eu estranhava quando meus peitos enchiam, meu corpo numa coreografia de que minha consciência era mera espectadora. Eu era figurante da minha natureza.

Não tínhamos nenhuma gente em volta. Éramos uma família de três numa cidade estrangeira. Enquanto Alice cochilava no carrinho, eu mostrava a Francisco os lugares que ele não conhecia. O D'Orsay, o l'Orangerie. Admirávamos juntos Degas, Mondrian e discutíamos se as ninfeias de Monet seriam a nossa definição de beleza. Talvez não.

A gente lia sobre o Vietnã, acompanhava as passeatas pelo fim da guerra, com o símbolo da paz na janela. Presenciamos Picasso ser o primeiro ser humano vivo a expor no Louvre, com a convicção de que vivíamos a história. Enquanto nos demorávamos diante dos contornos pretos, nós nos perguntávamos se o espanhol inventaria algo mais.

Francisco cantava Beatles para ninar Alice e, quando ela dormia, eu e ele nos amávamos, lentos, calmos, distantes do mundo. Eu pensava nos poemas do Pessoa que ele gostava de ler a cada noite. O que era o mundo? Uma ilusão vista e sentida. O restante era vida. Os dedos longos daquele homem tomavam meu fôlego, meu tempo e eu queria ficar o quanto pudesse ali, com o Francisco, aos círculos, ao infinito. *Levem o mundo: deixem-me o momento!*

Ele acendia um cigarro, a gente ouvia Gal e Caetano. Eu precisava saber da piscina, da margarina, da Carolina. Mas ali, naquele pequeno apartamento, eu sabia de nós. Só de nós.

Sem Paris, eu não teria experimentado a beleza. Não teria entendido sobre camadas, transparências, sobre o que não precisa aparecer por inteiro para existir.

Tudo começou quando M. Diaz organizou uma coletiva de seus alunos numa galeria do Marais. Escolheu dois quadros meus, minúsculos, e os colocou num canto, um acima do outro. Ficaram num corredor apertado, sem a distância necessária para serem entendidos por completo. Eu era sua aluna mais recente, natural que fosse a menos prestigiada. Ainda assim, doeu. Porque sou latina, porque éramos, eu e ele, latinos.

De trinta quadros, quatro foram vendidos naquela abertura. Dois meus. Tem troco pra quinhentos?

Uns anos depois, uma galeria em Montmartre me convidou para uma individual. Saiu uma fotografia pequenininha no Le Monde, eu de pantalonas, o cabelo que tinha deixado crescer nos últimos tempos, os olhos de quem ainda não sabia o que fazia.

Foi a danada da intuição. As coisas transaram devagarinho. Ganhei um artigo aqui, outro ali, mudei duas vezes de galerista, trabalhei, trabalhei, trabalhei, até que, mais um bocado de tempo, expus uma obra numa coletiva no Salão de Paris. As modernas começaram a comprar meus quadros, uma, duas, três. Os *marchands* do Brasil mandavam recado, vinham à França e pediam para levar pinturas minhas enroladas na mala.

Quando vi, meus quadros pararam no Masp. Tem horas que é assim, nossa arte chega em chãos onde a gente não pode pisar.

Meus velhos me mandaram uma carta e duas fotografias, os dois na frente do prédio da Paulista, e outra deles abraçados entre minhas duas pinturas penduradas na parede do museu. Nunca entendi como os milicos não censuraram meu trabalho. Se por um lado era tudo abstração, por outro, eu era a mulher do Francisco. Do meu Francisco.

Da margem esquerda, ele também progredia. Publicou seu livro de poesias em 1969 e já no ano seguinte lançou o segundo, logo traduzido para o francês. Não pôde ser publicado no Brasil, mas seu nome foi aclamado pelos nossos. Francisco era convidado para ser crítico de festivais de cinema, seus ensaios faziam sucesso. Dia a dia, ele era mais notado como um intelectual, e menos tínhamos chances de voltar ao nosso Brasil. Esse lance me fazia feliz, às vezes em segredo.

Troquei cartas com meus pais naqueles anos. De longe, pude entender um pouco sobre os dois, e eles um teco a mais de mim. Vinham nos visitar a cada semestre. Eram bons encontros, até para o Francisco. Eu perguntava se ele gostaria de mandar notícias à sua mãe, mas meu amor tinha medo. Medo de fazerem mal aos seus pais, de ser rejeitado, tanto grilo naquele cabelo escuro...

Já eu, com a distância segura do porco-espinho, ganhava dos meus velhos um punhado de calor. Continuei frequentando o atelier do M. Diaz durante toda uma década, ouvindo suas histórias, respeitando seus enigmas. Foi ele quem me explicou sobre a teoria do porco-espinho de Schopenhauer. Os animais precisam sentar-se juntos para se aquecer e lutam para encontrar a distância certa para não se machucarem. O porco-espinho, então, precisa sacrificar a necessidade de se manter aquecido para não ser espetado. Olhando para os meus pais naqueles anos, eu entendia que a geografia me ajudava a marcar a linha do meio, onde eu gostava de saltitar.

Fazer o barato certo me trazia alegria. Alice crescia feliz, Francisco era um bom pai e tudo caminhava com aquele egoísmo e satisfação dos gregos, de quem vive para o bem. Eu e meu marido fazíamos o bem para nós três e para a pouca família que restava.

Mas até que ponto viver é dedicar-se a si? Até que ponto ao outro?

Fugindo do front, a gente trabalhou. Fizemos nossa arte, viramos aquele casal de duas potências. Francisco se consagrou como um intelectual que pensava o seu tempo, escrevia sobre comportamento e política. Tinha braços, ombros, disposição para a nossa filha, ele sempre foi mais organizado, mais generoso que eu.

Eu estendia as horas, as pinceladas, perdia o horário de colocar Alice para dormir, acordava e eles já tinham saído para escola. Francisco, paciente, me via debruçada em linhas e círculos, ele sempre encanado com o que viria. O AI-5, os sequestros, a última música do Gil. Ele me via pintar, estrangeira aos fatos.

— A gente só faz arte quando quer mudar alguma coisa, na gente, no outro, no mundo — falava por trás de suas baforadas.

Eu ouvia e seguia com os pincéis. Não entendia se era uma crítica velada, comum até nos casais com mais borogodó, ou se era só um desejo dele de que sua mulher participasse mais.

Eu fingia que não, mas aquilo ecoava nas minhas paredes. À noite, enquanto Francisco dormia, eu pensava. O que será que eu queria mudar?

Anos depois, ainda não sei.

Minha infância teve cheiro de cloro. Papai tinha o hábito de nadar comigo às segundas, quartas e sextas na Piscine de la Butte aux Cailles, perto de onde morávamos.

— Céuzinho, logo, logo a gente volta para o Rio de Janeiro, você vai precisar saber nadar no mar de Ipanema.

Eu ouvia isso desde quando começamos a frequentar aquela piscina, eu devia ter quatro anos.

No início, dividíamos a mesma raia, eu usava pranchinhas. Depois, começamos a nadar lado a lado. Papai sempre à minha esquerda, braçada por braçada; inspira, expira.

Era bom olhar debaixo d'água e ver meu pai nadando. O cabelo cheio, a barba escura. Quando acabávamos, ele me pegava no colo e me deixava boiar em seus braços. Eu mirava o teto branco de onde vazava luz, os arcos debruçados no pé direito alto.

Saíamos com cabelos molhados, mesmo no frio, nossa casa era muito próxima. Havia uma padaria no caminho. Papai dava a moeda e pedia, com seu francês cheio de acentos, uma *viennoise au chocolat*. Dividia em duas metades. Mastigávamos pelas calçadas da cidade onde eu tinha nascido e ele era forasteiro.

Muitos anos depois, voltei à Butte aux Cailles. O pé-direito não pareceu mais tão alto. O cheiro de cloro era igual.

Dei um mergulho e procurei.

Eu não queria voltar ao Brasil. Por mim, a gente tinha ficado em Paris, naquele mundo que não existia e cada vez mais pulsava. Por mim, eu teria continuado na minha arte, ouvindo longínquas vozes no rádio, na TV, lendo poucos jornais. Funcionou bem por uma década.

A paixão do Francisco era o Brasil. Ele cantava alto Belchior, *eu sou apenas um rapaz latino-americano sem dinheiro no banco*.

A anistia tinha saído, a barra começava a ficar limpa. A cada manhã ele trazia notícias dos companheiros que voltavam, gente bem mais encrencada. Francisco dizia que Alice precisava dos avós, nem os meus velhos nem os dele iriam remoçar. Eu ria daquela baboseira. Ao mesmo tempo, entendia o grau de seu desespero — de quem apela a esses lamentos.

Eu estava bem em Paris, meus pais ainda vinham nos ver a cada seis meses. Eu começava a construir esculturas cinéticas, poderia ter ficado lá, produzindo, exibindo. Mas entendia que Francisco precisava de mais. Ele era um poeta e também um crítico, já estava afastado por muito tempo do seu objeto de estudo, dos seus colegas, das notícias que ele tinha urgência de viver e não só saber com alguns dias de atraso.

A gente passou a brigar. Brigar por qualquer lance. E mesmo quando o motivo era a minha bagunça ou a caretice dele, o Brasil estava sempre lá no fundo, balançando a própria bandeira fincada na sala, um enorme elefante verde e amarelo. De madrugada, eu pedia para o Francisco sair do sofá e vir dormir na cama. Ele me abraçava e, quando a gente já estava mais pra lá que pra cá, eu pedia, baixinho, que adiássemos a decisão. Só mais um ano, um mês, uma hora.

Até que ele disse que iria sem nós duas, para uma temporada. A mesma lorota que inventamos aos amigos, e a nós mesmos, quando saímos do Brasil.

Não dei ouvidos, era fogo de palha. Imagina se o Francisco ia largar a Alice pra trás. Ele não conseguia viver sem a filha, e acho que nem sem mim. Ia passar, era só mais um rompante, coisa de poeta.

Só que, no dia seguinte, Francisco foi à loja ver uma passagem. Voltou com o preço anotado.

— Tenho uns trocados guardados, acho que dá.

Do pouco que minha mãe me ensinou sobre amor, casamento e chavões, na primeira visita a Paris, ela me disse:

— Minha filha, acompanhe seu marido. Esteja ao lado, não à frente, nem atrás.

Naquela tarde nublada, a voz dela veio chata, medíocre. Mas não saiu da minha cabeça. Enquanto eu via o Francisco rabiscar as contas, pensei na minha mãe e entendi que precisava ceder, por amor. Era a minha vez, e então aceitei. Até hoje penso se, por amor, deveria ter resistido. Se, por amor, poderia ter feito diferente.

Minha condição para voltar ao Brasil foi ter uma vida boa. Sem luxo, nem modéstia. O apartamento da Place d'Italie, à medida que Alice crescia, ficava apertado para nós três. Àquela altura, eu tinha feito exposições importantes na Europa e uma galeria me representava no Brasil, então, assim que cheguei, comecei a dar aulas no Parque Lage. Eu subia com gosto a escada do palacete e os degraus da minha carreira.

A gente decidiu dar uma bossa na casa da Joana Angélica, que não tivemos tempo de curtir antes da saída abrupta do país. Era uma casa simples, com um quintal grande, se eu quisesse pintar ao ar livre; também um quarto para eu fazer de atelier. Aos poucos ela ficaria do nosso jeito. Mas faltava um mar.

Em Paris, Francisco falava muito sobre o mar. Seus poemas mais nostálgicos remetiam à maresia. De vez em quando, dava uma louca e a gente viajava para o sul, ou para a Normandia. Mas não era como ter a água nos calcanhares. E, sobretudo, não era o nosso mar. Aquela praia era dos outros. Entrar em água estrangeira parecia promíscuo, o contrário de um banho. Quando voltamos, eu sabia que devia a ele, e a nós, um oceano legítimo. Brasileiro, carioca, nosso.

Búzios ainda era sal e conchas. Uma água tranquila, longe do frenesi. Ali o Francisco podia ouvir os rochedos onde minhas ondas estouravam. Eu olhava para o céu e deixava o chiado invadir.

Achamos uma vila de pescadores na Praia do Canto. Tinha um terreno à venda, com uma casinha verde de teto terracota. Teríamos muito a fazer, o espaço era grande, a construção precisava de reforma e aumento.

Erguemos primeiro uma casa de apoio e encontramos um casal de locais, que toparam trabalhar de caseiros. Rosa tinha olhos que se misturavam com as paredes, a pele curtida, o cabelo crespo que meu permanente não alcançava. Ademar era quieto e honesto, passava o dia consertando telhado, canos, rachaduras.

No verão de 1980, a gente mandou Alice por duas semanas para uma colônia de férias perto de Mauá e foi cuidar da obra de Búzios.

Quando anoitecia, eu e Francisco nos recolhíamos na casa de apoio. Ele trazia um balde de cerveja do boteco da esquina, sentava comigo no piso de ladrilho hidráulico. Ouvíamos Rita Lee na fita cassete, recortando os losangos do chão e o manto de estrelas.

— Será que tem gente lá fora?

— Eu tenho certeza.

— E eu estou convicto que o mais fascinante em você são suas certezas, Tereza.

— O universo é muito perfeito para ser só nosso, bicho.

— Sei não, gosto de pensar que é só nosso. Meu e teu.

A volta tinha sido boa; meu Francisco, mais uma vez, tinha razão. Eu havia, nos últimos anos, suprimido a falta que sentia do Brasil. Esse lance de emigrar é um barato cruel. Em nosso retorno, mais que brasileiros, éramos nativos. Nosso rio jorrava, minha floresta voltava a ter raízes.

Francisco passava a mão por dentro da minha coxa com a segurança de quem sabe o que faz. Os anos passavam e nossas peles não perdiam seus estrondos. Ao contrário, a cola ficava mais nossa, franca, molhada. O toque há muito se misturara com o amor. Meu marido não perdia a mania de me encarar pelo tempo que quisesse; a curva do meu ombro, os meus contornos. Francisco demorava com sua língua, que me enchia feito a lua.

A gente se amava em cima dos colchonetes daquele pouso, temporário e eterno. Nosso para sempre. As janelas abertas deixavam o céu saber do que eu gostava. O barulho do mar, as ondas indo e vindo, querendo me dizer para não ter pressa.

Alice está atrasada para a escola. O nosso carro quebrou. É março. Faz calor em março. Francisco deixa uma caneca de café na minha cabeceira, eu ainda durmo, ontem pintei até de madrugada. Por que pintei até de madrugada? Mesmo se não pintasse, provavelmente não acordaria a tempo de levar Alice à escola. Ainda não levei Alice à escola esse ano.

Debaixo do meu sono, eu a escuto calçar os sapatos de verniz, ela odeia o vestido do colégio de padres em que a colocamos. Dia sim, dia não, Francisco discute comigo sobre esse colégio, não tem necessidade de a nossa filha escutar aquela baboseira. Talvez não tenha, mas eles vão dizer a ela umas coisas de que eu posso me esquecer. Ou ele. Ele não é infalível, somos um casal de artistas. É bom ter um padre no meio da história, mal não faz.

Mas os padres cobram horário. Se chegar depois das sete, toma anotação na caderneta. Se chegar depois das sete e dez, perde o primeiro tempo. Ela só tem onze anos. Por que eu insisti nesse colégio?

O portão de casa está fechando, o da escola vai fechar. Eles vão pegar um táxi na Epitácio Pessoa, já estão do outro lado da Joana Angélica. Francisco esqueceu as chaves de casa. Espera aqui, Céuzinho. Ele adora chamar Alice de Céuzinho. A menina está aflita porque vai se atrasar.

Acordo com o cheiro do café, corro até o portão para dar tchau.

O portão da Joana Angélica vai fechar. O da escola já fechou.

Vejo Alice do outro da rua. Francisco atravessa com pressa. Um Opala preto passa à toda. Os vidros escuros. O Opala vai embora, Francisco não termina de atravessar.

Alice de um lado da rua, eu do outro. O ano era 1980.

Os três morremos, ali, às sete da manhã de um março esmagado pelo sol, na rua Joana Angélica.

Agora não tenho voz
para cantar o teu silêncio
Meu céu precisa de um beijo
Por isso me vou
Para logo voltar

É preciso saber
quando se retirar
Sem jamais desistir
De ser o que se é
De rir do porvir

Por ora sou reta
e ela um círculo
Juntos, um céu

Meu Céu me pede
que diga adeus
Por isso me vou
Para logo voltar

É que esse meu chão
Esse meu asfalto
Esse meu mar
Nunca deixo de amar.

Francisco José, 1970.

A vitrola gira com o Belchior da noite passada.

Presentemente, eu posso me considerar um sujeito de sorte.

E se ele atravessasse um segundo depois? A pessoa está aqui e de repente não está mais. Quem concede ao destino o direito à violência?

Quanto tempo é preciso para que uma vida se vá? Em quantos instantes um desastre *esmerdalha* três pencas de sonhos? Por que Francisco voltou para buscar a chave?

Ano passado eu morri, mas esse ano eu não morro.

Eu estava em casa, poderia esperar por ele. Ele sabia disso, por que não confiou em mim?

Por dias o café frio ficou na caneca.

Por anos esperei.

Por décadas eu procurei pelo Opala nas ruas. Os óculos do homem que imaginei ao volante me perseguiam nas avenidas.

O carro não parou para prestar socorro, ninguém achou o Opala.

Meu Francisco morreu e a vitrola ainda gira.

Eram tantos amigos de que eu não sabia. Abraçavam Tereza, lançavam a mim olhares de pena. Alguns enchiam o meu ombro de lágrimas, eu não conhecia nenhum rosto.

Minha mãe se escorava em cada um deles, enquanto eu, num canto, abraçava a mãe dela, que tentava me tirar de perto do caixão.

Tereza gritava, em transe:

— Mataram meu Francisco.

Nunca vou saber se foi assassinato ou acidente.

Tereza berrava com ódio, e eu me calava, como sempre. Como em qualquer dia. Encolhida, miúda no meu choro, com vontade de desaparecer.

Com vontade de me aconchegar dentro daquele caixão, junto com meu pai.

1986

Eu deveria saber que 1986 teria um trânsito estranho quando aquele ônibus espacial explodiu no meio do céu, logo em janeiro. O sol brilhou em deboche. Eu deveria ter imaginado que aquele ano esmiuçaria minhas entranhas. É difícil assistir ao fim, ainda mais dar de cara com ele na televisão.

Aquelas pessoas sorridentes, pessoas quase do futuro com o traje espacial. Deveriam atravessar a atmosfera para agarrar o cometa, fotografá-lo. Num instante, viraram gente do passado. Em poucos anos suas fotografias amareleceriam nos jornais — é impossível evitar o apodrecer.

A bola de fogo desapareceu no céu, e eu pensei na professora Christa Mcauliffe. Jamais esqueceria o rosto dela. A escolhida, sem saber, marcada para a morte. Que barato flutuar no breu, pensei, quando ela foi anunciada nos jornais. Daria aula direto do espaço. Que privilégio seria ver estrelas, entrar e sair da escuridão, o universo é um infinito caleidoscópio. Mas é como cantam na música: a televisão nos deixou burros demais. Pra que mandar uma professora para o espaço?

Borboletas não vivem tanto. Algumas passam mais tempo no casulo do que em voo. Outras não resistem mais do que vinte e quatro horas. Experimentam flores, cores e depois morrem (quase sempre) pacificamente. Quando me lembro daquela professora, penso na jornada curta das borboletas.

Depois do desastre da Challenger, comecei a pintar minúsculas esferas num fundo brilhante. Talvez fossem parte daquela nave, daqueles sonhos, corpos, daquelas esperanças, famílias, tudo que ficou pelo céu do Cabo Canaveral.

Ainda era janeiro, e um ano que mata pessoas ao vivo pela TV diz a que veio. Eu só não sabia o que ele queria de mim.

A fazenda dos meus pais amputava asas e protegia. Quando Francisco se foi, pensei algumas vezes em voltar, e até cheguei a ensaiar um ou outro verão mais longo lá. Mas eu não conseguia me recostar no sofá de veludo por muito tempo. Imergir por aquelas paredes, nas conversas sobre a safra, a indústria, o câmbio, os herdeiros, era negar a minha essência, a minha liberdade. Eu precisava da distância segura, afinal eu era um porco-espinho.

Então, eu culpava meus alunos, a escola da Alice e ia embora da fazenda. Fiz isso por alguns anos. Depois, resolvi pintar vidros e copiar os vitrais das janelonas de madeira, era menos doído do que viajar até lá. A falta do Francisco me fez caminhar para trás tudo o que eu havia avançado com os meus velhos. A ausência dele me retrocedeu como gente. Eu passei a ser menos. E sabia.

Os vidros coloridos, a luz quente e cheia de cores onde eu queria me abrigar, já que ninguém mais podia fazê-lo. Eu me fechava por horas em meu atelier e deixava Alice pensar que eu estava criando, que precisava de silêncio para o trabalho.

Era mentira. Alice só tinha onze anos, e eu mentia para ela. Eu passava horas deitada no chão, sob a luz dos vidros de cores, acolhendo a mim mesma e criando forças para acreditar que eu dava conta, que eu não precisava de ninguém. Eu me escondia na sombra, para voltar à luz. Era o meu segredo.

Do lado de fora do atelier, eu me cobrava a luz. Só que eu nunca ia para o lado de fora...

Convivi com o silêncio durante minha meninez. Na fazenda dos meus pais, o sol queimava mudo os tacos do piso, cortinas vazavam pelas venezianas, moscas e libélulas voavam em visita. As vozes que eu não ouvia se misturavam com minha solidão.

Quando me casei com Francisco, o silêncio entrou em puberdade. O da minha infância era casto. Depois, mudou de cor. Virou sagrado, sensual, comungado. Por anos, fomos amantes. Em meu processo criativo, para me concentrar nos círculos, nos inícios e finais, na finitude e no infinito, eu precisava do vácuo, do oco, da ausência de externo. E Francisco era a mão que chegava sem dizer, o beijo quieto, o sopro quente.

Calado, ele me alimentava. E minhas esferas floresciam.

No dia em que meu Francisco foi embora, passei a entender o absurdo do fim. O silêncio me lembrava dos limites, das barreiras, de que tudo invariavelmente acaba.

Cada vez mais, a falta de som se confundia com um incômodo, uma agulha mais e mais funda. O silêncio me dizia que eu também iria embora. Eu ainda era nova e essa certeza já ardia.

Então inventei os saraus. Começou com pequenas reuniões para os meus alunos do Parque Lage, minha casa virava a extensão do atelier. Não tinha chave, entrava quem queria; e sempre entrava alguém. Quando acabava a festa, a mudez voltava na plenitude do seu vazio. Depois dei um jeito para que os saraus não terminassem. Marcava aulas em minha casa, pequenas exposições, deixava sempre um aluno pintando no quintal.

A casa virou o espaço para aqueles estudantes se encontrarem depois das aulas e continuarem o seu grito de arte. Nas madrugadas da rua Joana Angélica, enveredaram-se conversas que desembocaram na exposição "Como vai você, geração 80?". Algumas das telas presentes na exposição de 1984 foram pintadas debaixo de minhas asas. Virei professora, madrinha, anjo da guarda e da loucura. E, apesar de parecer que eu ensinava àqueles jovens, eu bebia a juventude deles, com duas pedras de gelo.

Vinte anos nos separavam, mas também um corpo inteiro. Havia um lance diferente nessa geração que não levou porrada dos milicos. Eles eram livres e tinham pressa de viver. A Aids batia na porta, sorrateira, silenciosa. Todo mundo tinha um conhecido que vinha emagrecendo, definhando, e ninguém esbanjava a certeza de que chegaria à virada do milênio. O que restava era virar copos, beijar bocas, dançar em cima da mesa.

Eles não sonhavam com o futuro, não da forma como a gente tinha sonhado, pelo qual tinha lutado. Ao contrário. Com tudo que rolava no mundo, começou a imperar uma crença coletiva e tácita de que todos iriam morrer mais cedo ou mais tarde. Por isso meus alunos festejavam, não tinham medo. Só queriam ser autênticos, sem reprimendas nem agendas. E eu me untava dessa sede de presente, de seus barulhos, de sua Legião Urbana.

Aos poucos, um falava pro outro e a casa deixou de ser exclusividade dos meus estudantes. Vieram os músicos, os amplificadores, a turma do teatro. A gente fumava dentro de casa, bebia muito whisky. As meninas faziam rodinha para dançar Madonna. Eu aumentei o permanente, adotei rabo de cavalo e ombreiras.

E quando eles cantavam Tim Maia, eu dava um trago, fechava os olhos e cantava baixinho para o Francisco. *Você é mais do que sei, é mais que pensei...*

Ali no meio deles, na hora que o penteado começava a me dar dor de cabeça e me tirava do fluxo a contragosto, eu me perguntava o que meu Francisco acharia daquilo. Imaginava que ele teria um misto de prazer e decepção em ver o Brasil livre, irresponsável, cantando mais que sonhando. Eu queria que ele tivesse presenciado.

Vou morrer de saudade.

Queria ter tido ele comigo, pelo menos um pouco, mais ainda a vida inteira.

Aqueles malditos círculos. Como ela podia desenhar limites? Quem era a Tereza para riscar linhas precisas, formas determinadas, quando tudo nela transbordava?

A minha mãe era excesso. Mas os círculos, os círculos eram sempre perfeição. Eu me perguntava onde eu estava nas esferas da Tereza, se no início ou no fim. O que dali era meu, o que dela era meu, o que de mim era dela.

Malditos compassos que feriam telas. Feriam tanto mais. O furinho estava sempre lá, o *marchand* dizia que era bom que aparecesse, mostrava de onde as obras vinham. A vida da Tereza aparecia em seus trabalhos a partir de seus erros. Borrões, furos de compasso, emplastramentos, é com isso que sua arte se tornava humana.

Ela podia ser mais humana na arte e errar menos comigo. Isso minha mãe não entendia. Seu trabalho exigia concentração monástica, horas e horas trancada no atelier. Nas épocas em que Tereza chorava alto, o buraco do compasso vinha com mais força.

Já a minha angústia, não havia nenhum artefato que demonstrasse.

Não repeti sua loucura. Fiz questão de desaprendê-la. Eu tinha que ser tudo que suprisse o desajuste, que fechasse o pecado. E fui. Melhor aluna, mesmo nos anos de luto, autossuficiente desde os onze. Ela me castigaria no meu único deslize. Eu, a promessa do vestibular, o orgulho do colégio católico. Na única vez em que falhei, ela foi incapaz de me dar a mão.

Minha mãe era a louca que acreditava em discos voadores, que falava de Marte como se fosse na esquina. Minha mãe tinha sido casada com um militante e alienada a vida inteira. Depois que meu pai morreu, ficamos sem identidade. Só sobrou a maluquice constante da Tereza, e aquilo me causava um sentimento de inadequação terrível. Tereza era uma mãe que acordava depois das dez, falava palavrão, fazia bola com o chiclete.

Em contrapartida, nada nos servia aos seus olhos. A família quatrocentona dela era careta, fria, obsoleta. Os parentes do meu pai, no Méier, eram retrógrados, reacionários. Por escolha dela, éramos eu, Tereza e seus círculos. Eu, Tereza e a porta fechada. Eu, Tereza e os monólogos sobre membranas, pigmentos, limites.

O atelier trancado nos primeiros anos, a barreira intransponível da parede e do silêncio. Depois, a casa cheia de gente. Não havia o meio do caminho, jamais houve. A reunião de pais, o sanduíche embrulhado, a saia plissada. Nada. O único ovo que a Tereza quebrava era para preparar a têmpera antes de pintar.

Eu era a menina que nunca tinha como voltar para casa. Os pais da Bia justificavam, minha mãe era sozinha. Ela era. Mas ela também era muitas. E dentre elas nunca esteve a mãe. Sempre tive curiosidade de perguntar à Tereza se ela queria ter filhos. Por vezes cheguei a abrir a boca. Depois desisti, sabia a resposta. Ela responderia que sim e ficaria de bode por dias, pelo ultraje. Tereza jamais admitiria para mim que me teve para agradar ao meu pai. E aí ele morreu. Porque o destino, como se sabe, é cheio de ironias sádicas.

Tereza achava que a minha rotina iria se orquestrar automaticamente, assim como sua geometria. Nem parecia notar que a família da Bia já estava mais do que acostumada a me deixar em casa. Eu passava muito tempo com eles, e adorava ficar lá, naquela cozinha que sempre tinha bisnaguinha e requeijão.

Eu e Bia assistíamos ao TV Mulher com a mãe dela. Roubávamos as polainas da irmã mais velha e imitávamos por horas sua ginástica ao som de Gloria. De vez em quando, éramos pegas. Mas nada tinha tanta importância, porque aquelas mulheres sabiam ser bacanas umas com as outras. Era a casa de uma família. Ao contrário da minha, que tinha ares de acampamento: a gente não sabia quem tinha acabado de chegar e quem ainda não tinha ido embora. Os cinzeiros lotados, um calor imenso que vinha das telhas de resina que minha mãe colocou no quintal para estender sombra aos alunos.

Os alunos... para eles tudo. Para eles, a porta aberta. Os elogios, o bom humor. E para mim, a coexistência, o luto de cada uma em seu quarto, os atalhos que buscávamos sozinhas.

Os estudantes e as festas claramente eram o mapa de fuga da Tereza. Já eu, precisei procurar o meu. Eu queria sair dali o mais rápido que pudesse. Eu só queria um jantar às oito, onde alguém me perguntasse sobre o dia na escola. Eu só queria uma conversa no intervalo da novela. Eu só queria ganhar da minha mãe o meu primeiro sutiã.

Quando vi o foguete queimar no céu, logo pensei no cometa Halley, em sua órbita de setenta e cinco anos. Eu não precisaria de tanto. O cometa chegava naquele feriado. Empacotei roupas, mantimentos, coloquei tudo na Belina, dirigi até Búzios. Deixei Alice para trás. Minha Alice tinha juízo, não iria longe sem mim.

Não sei por que quis tanto procurar o Halley. A Challenger explodiu ao decolar, deveria ser um sinal. Embora naquele fevereiro todos falassem sobre o espaço, havia em mim algo genuíno, menos transitório, não tão frugal quanto a passagem de um cometa.

Talvez fosse a vontade de me ausentar. Eu poderia fugir para Búzios a qualquer hora, o cometa era só uma desculpa septuagenária. Imaginava a cauda do Halley feito um ímã, cheia de detritos, poeira cósmica, paetês... eu queria me atirar na bruma furta-cor, agarrá-la com minhas unhas cor de pitanga.

Enquanto eu pensava no cometa, eu via os círculos. Não sabia o que era mais antigo, o meu fascínio por estrelas ou minha insistência em desenhar esferas. O céu profundo e infinito, minhas órbitas igualmente sem fim. Por que a matéria precisava de um termo? Ela teria mesmo um? Somos átomos, que viram pó e voltam para terra; e aí somos água, árvore e partes de cometa. Eu desenhava os círculos porque eles não tinham fim, nós não tínhamos um fim, meu Francisco tampouco.

Búzios era o lugar onde eu o ouvia. E naqueles dias eu ia até lá, supostamente para ver o Halley da areia sem luz, do mar que falava comigo no escuro. A cada noite eu subia no capô da Belina, procurava o Halley e me entregava à saudade. Fui atrás do cometa, mas, na verdade, no meio daquele breu, eu buscava o Francisco.

Não achei o Halley. Por outro lado, descobri que o meu marido nunca saiu de mim.

Eu me angustiava ao ler sobre Chernobyl no jornal e ver aquelas pessoas se divertindo na casa da minha mãe. As festas, as notícias da radiação, esse contraste me enjoava.

Tereza em lágrimas pela morte da Georgia O'Keeffe, no luto interminável pelo meu pai, esvaziava garrafas de whisky, preenchia cinzeiros com seus estudantes.

Comecei a ter náuseas. Chernobyl. Queimaduras, mortes, a nuvem de radiação se espalhando. A Challenger tinha explodido, a Aids lambia fogo. Podia ser mesmo o fim do mundo, ninguém ia sobreviver. E eles cantavam.

Não fazia sentido aquela festa, a humanidade estava perdida. Eu sentia náuseas.

Até que entendi. Pensei na quitinete, nas tardes depois da escola, a minha calcinha no chão.

Esperei. Bia do meu lado.

Positivo.

Ainda menina eu me perguntava qual era o talento de fazer aquilo tudo usando um compasso. A graça não deveria ser desenhar círculos por mérito próprio? Acertar o seu diâmetro e girar num eixo sem muletas? Os compassos estavam por toda parte, Tereza nunca se preocupou em escondê-los.

Minha mãe jamais conseguiria dar bordas a si, colocar-se no centro de uma redoma, traçar em volta dela mesma qualquer linha que fosse, quanto mais uma forma perfeita. Tereza não se importava em ultrapassar a membrana da dignidade. Ela nunca foi das perfeições, mas eu tratei de lhe dar esse limite.

Chamei de Carolina.

Fui mãe aos vinte e cinco. Nada impedia Alice de ter um filho aos dezessete. Que se dane que eram oito anos mais cedo, o tempo de sua formação. Dizem que o cérebro humano termina de ser desenvolver aos vinte e cinco. Azar o dela. Ou sorte. Ser mãe é uma viagem mais ácida que ácido. E também doce.

Alice faria faculdade. Combinamos isso quando ela apareceu com aquele olho cheio d'água: "Mãe, preciso de ajuda."

Não caí, não caí mesmo. Há merdas piores na vida; câncer, miséria. Um filho? Não, um filho não é tão grave. Sobretudo aos dezessete. Se ela era adulta para se negar a ir dormir nas minhas noites de sarau, deveria ser também para parir.

Ela iria fazer faculdade. Dois anos, dois anos para o menino andar, falar, desmamar. Eu poderia ajudar, ainda lembrava algumas coisas. Quando ela entrasse na faculdade, a gente dava um jeito, a Zezé daria uma mão ou eu contrataria uma babá. Mas minha Alice ia ter um diploma, eu não tinha engolido anos do besteirol dos padres à toa. A ladainha tinha que ser à prova de esquecimento. Ela iria passar no vestibular um par de anos depois, os padres faziam algo direito.

Apareceu aqui um dia, à tarde, com os olhos pingando. Eu me lembro da tela que pintava. Marrom, vermelho escuro, ocre. Estava pela metade; os contornos, todos os círculos da minha mente já na tela. Nenhum preenchido. A notícia amassou minha honra. Minha filhinha! Ali acabava, pensei. Ali ela virava uma igual, com seus erros e arrependimentos, sua bagagem, um punhado de senões, algumas amarras. Perguntei quem tinha sido o infeliz que irrompera seus sonhos, seu hímen. Era o Felipe, só podia ser! Aquele moleque, ele olhava para ela toda noite. Eu estava pronta para arrancar pelanca por pelanca do seu pau de frango.

Alice respondeu que não me contaria, não importava, iria abortar.

Então, a coisa mudou para mim. Quem era ela? Quem era ela para morar embaixo do meu teto e debochar do meu útero? Quem era ela para decidir sobre a vida? Bastava então transar, abortar e nem me daria satisfação? Devo dizer, não reconheci minha atitude. Algumas vezes na vida passei por isso. Eu, uma artista, livre, sem-vergonha, que moralismo era aquele? Eu deveria defender a minha filha, abrigá-la. Reconhecê-la como um par, como uma mulher que pedia ajuda a outra mulher.

E talvez, agora vejo, tenha sido essa audácia, esse jeito de querer dizer aos dezessete que tocaria a própria vida. Esse jeito de me depor nos meus quarenta e dois. Quarenta e dois.

Apaguei o cigarro no cinzeiro cheio do resto da tarde.

— Alice, o negócio é o seguinte: se você quiser abortar, se vira. Procura clínica, remédio e casa para morar depois. Cuidado só para não morrer. Agora, se você quiser continuar morando na minha casa e me tendo como mãe, você vai ter essa criança e arcar com as suas responsabilidades. Tudo se ajeita, e aqui vocês têm teto, comida, conforto. Nunca deixei te faltar nada, você há de imaginar que farei o mesmo com esse bebê.

Ela olhava para baixo, as lágrimas caindo no tênis.

— Agora, não pense em me esconder quem foi. Essa criança não vai nascer sem o nome do pai na certidão. Era só o que faltava.

E assim, com o rosto assustado, ela falou. Bem mais rápido do que eu imaginava. Eu só não esperava por aquele nome.

◇§———3◇

Eu gostava de passar as tardes na casa da Bia. Eles moravam num apartamento no Arpoador, o janelão dava esquina com o mar. Por muitas tardes, em vez de me deixar em casa, o Monza da Bia me levava até a porta deles. A época de provas era a minha preferida, a desculpa de que precisávamos estudar juntas era um tíquete para o mundo encantado.

Tanto me fascinava naquele apartamento, eu não tinha como disfarçar. A mesa da cozinha, com toalha de pano e arroz integral sempre fresco, o bife à milanesa das sextas. O freezer da mãe da Bia tinha um pote de dois litros de sorvete de creme, e, às vezes, eu encontrava até calda de caramelo guardada no armário. Minha intimidade vencia o congelador e eu simplesmente me servia. Todas as tardes. Uma bacia de Kibon.

Estudávamos só o suficiente. Senos e cossenos, plantações de tubérculos e maçãs da Alsácia, fórmulas de física. Depois, colocávamos as fitas VHS da irmã da Bia e fazíamos ginástica com a Jane Fonda. Arfávamos de polainas e pernas para o ar no chão de sinteco. As tábuas levavam nosso suor e traziam a preguiça. A maresia se misturava com o cheiro de família que o apartamento tinha.

— Quer dormir aqui hoje?

— Vou para casa espiar o sarau da Tereza.

— Desde quando você faz questão dos saraus?

Era verdade, eu não me importava. Em outros momentos, seria uma tortura conviver com a música que não me deixava dormir em véspera de prova. Em outras épocas, tudo que eu queria era jantar carne assada na sala de jantar da Bia, mastigar bem devagar as batatas coradas, ouvir seus irmãos gêmeos brigarem pelo Atari, enquanto nós duas assistíamos à novela das oito com a sua mãe e irmã.

Mas, de repente, eu tinha um motivo a mais. Eu não perdia os saraus por nada. Bia falava dos meninos da escola, do presidente do grêmio, dos amigos do Felipe, aluno da minha mãe, da pista de patinação do shopping... e tudo parecia irrelevante, bobo.

— Você parou de perguntar sobre o topetudo.

— Parei?

— Parou.

— Nem percebi.

Eu olhava o mar pela janela, evitava os olhos da minha amiga, que me conheciam do avesso.

— Vem, me ajuda um pouco mais com essa trigonometria antes de ir embora.

Bati na porta dele. Morava de frente para a praia de Copacabana, num apartamentão grã-fino e herdado. Pensei em telefonar, mas pra quê? Ele não pensou em me ligar antes de devorar a minha filha. Apareci lá naquela noite mesmo.

Atendeu a mulher, Berenice, que eu tinha visto pouco, quase nunca vinha aos saraus. Às vezes sim, muitas vezes não. Tempo suficiente ela não ia, para o marido olhar a minha filha, para ele comer a minha Alice com aquele pau que dali a poucos anos entraria em derrocada.

— Quero falar com o Paulo.

A mulher me olhou, me tachando de piranha, e não se mexeu. Então berrei:

— Quero falar com o Paulo.

Ele veio à porta com olhos que sabem, mas tentam disfarçar. Pela minha fúria, ele viu que tinha dado merda. A mulher reclamava que eu ia acordar o filho. Eu estava pouco me lixando, e aí não me aguentei.

— Seu garoto tem quinze anos, né, Berenice? A minha Alice tem dezessete. Sabia, Paulo, que ela tem dezessete?

O traste ficou mudo por um tempo.

— Ela é linda a minha Alice, eu a coloquei no colégio de padres, embora não acredite em nada daquilo, achei que eles saberiam educá-la junto comigo. Estava dando tudo certo, sabe, Paulo? Ela tem boas notas. Andava dizendo que faria Economia ou Engenharia... eu vinha quase... feliz, sabe? Perder o pai aos onze não foi fácil. Minha Alice merecia mais, merecia uma vida luminosa.

— Tereza, você está irritada e com razão. Estou te devendo o dinheiro da obra que você vendeu na exposição coletiva da galeria, amanhã passo na sua casa.

Ele veio com essa história, que não deixava de ser verdade, e era bom ele ter me lembrado.

— Mas você tinha que ferrar com tudo, né, Paulo? Você e esse seu pau. *Paulo*. Ele dá no couro em casa, Berenice? Ou só na xoxota novinha da minha filha?

A mulher começou a chorar.

— Paulo, ela tá com três meses. Quando nascer, eu te procuro para você ir comigo registrar. Essa aqui é a minha conta, caso você tenha perdido. Deposita o dinheiro da obra. Aproveita para guardar bem este papel e não perder. Todo mês você vai colocar esse dinheiro aqui nessa conta. É mais ou menos o que eu gasto com escola, comida e saúde da Alice. Pode começar a depositar agora porque pré-natal dá muito gasto. Se atrasar, eu venho aqui e aí pode deixar que cuido direitinho para o seu filho não estar dormindo, ouviu, Berenice? De seis em seis meses a gente vai se falar para ver a correção. Não que dinheiro seja problema para você, né, seu imundo? Dizem que, quanto menos vergonha na cara se tem, mais rico se fica.

Cuspi na testa dele e espumei escada abaixo.

A tapeçaria de Bayeux foi talhada na Inglaterra durante o século XI. Retrata, entre diversas cenas, a passagem do cometa Halley em 1066, que antecedeu a invasão do reino inglês por Guilherme, o conquistador. Um filho bastardo, o Guilherme, como seria o bebê da minha Alice.

Pensar naquela tapeçaria me trazia esperança. Por seus setenta metros trançados por mulheres. Por carregar as marcas de mãos e úteros. Seus fios ainda guardam suor, células mortas, desejo, lágrimas, pecado, cansaço, falta e fome.

O cometa passa a cada setenta e cinco anos. Testemunha vidas, culpas, estupidezes.

A de Alice era só mais uma.

Descobri cedo que a arte alenta, equilibra solidões, estanca excessos. Alice havia apunhalado meu coração. E eu procurava os fios para absorver o vermelho derramado.

Tudo começou um ano antes, ou dois. Os saraus da minha mãe eram algo que eu não podia vencer. Então eu me juntava. Às vezes até me divertia. Os alunos dela eram um pouco mais velhos que eu, na faixa dos dezenove, vinte e poucos. Um ou outro professor aumentava a média de idade da nossa casa na Joana Angélica.

Vinha gente da música, poetas, o pessoal do teatro. Às sextas e aos sábados, Bia me fazia companhia, e isso diluía a fumaça em algo deglutível. Seus pais eram rígidos, não deixavam que ela saísse durante a semana. Eu invejava esse freio de quem tem berço, hora pra voltar, telefone do paradeiro anotado no caderninho. O nosso colégio religioso combinava com a Bia, com os pais católicos e a prole de quatro filhos.

O sermão dos padres não me vestia, ainda assim eu tentava me misturar, porque, vindo da Tereza, tudo que eu precisava era de um pouco de rédea curta. Uma parte de mim sabia disso. Mas só uma parte.

Nos saraus, eu e Bia usávamos jeans alto na cintura, argolas de bambolê. Tereza já acordava livre. Colorida, vestia a blusa ao contrário com brincos de resina.

As noites começavam com "Desculpe o auê", iam crescendo, crescendo, até chegarem às madrugadas de guitarra elétrica. Eu e Bia circulávamos pela sala, pelo quintal, atrás de copos esquecidos e bitucas de cigarro. Fazíamos um raio-x de quem passava pela frente.

Na primeira vez que vi o Paulo num sarau da minha mãe, ele usava um blazer marinho. O cabelo escuro, levemente alto, lembrava o do Travolta. Conversava com os artistas, fumava e sorria, mas não muito.

Desde o sucesso da exposição "Como vai você, geração 80?", os saraus da Tereza tinham virado uma constante comemoração. Fazia dois anos que eles comemoravam. Naquela noite, ainda era cedo. Felipe declamava poesia com seus cachos de criança, Marta e Lulu aplaudiam da roda de violão que se formava do outro lado da sala.

De repente tudo virou uma coisa só quando alguém ligou o som.

Tire suas mãos de mim... todos subiram na mesa ao grito uníssono... eles não podiam estar sozinhos, eles sabiam muito bem aonde estavam.

Eu vi Tereza lá no meio, com os braços para cima. Aquela música era o código de um cadeado. Olhei com admiração e inveja. Mas Paulo não. Paulo continuou num canto, assistindo à baderna de longe. Via tudo de relance, com uma indiferença, e talvez certa altivez que me encantava. *Será só imaginação? Será que nada vai acontecer?*

Ele ficou muito tempo sem aparecer na Joana Angélica. Eu comentava com a Bia, perguntava se ela tinha o visto entrar ou sair.

—Aquele cara com jeito de homem, não lembra?

Passei a me arrumar para os saraus, usava mais maquiagem e um pouco de enchimento no sutiã. Por várias noites fui dormir desolada, de cara fechada, ouvindo da

Tereza que eu estava com o mau humor dos *aborrecentes*. Eu não aguentava suas piadas bêbadas e infames.

Quando enfim ele voltou, eu estava preparada desde que o vi pela primeira vez. Reparei na hora que ele foi se servir e a garrafa estava no fim. Era o último dedo, e Paulo virou sem dó. Eu sabia onde minha mãe guardava o whisky. Normalmente na porta esquerda do armário de cima do bar da sala. Mas, quando tinha muita gente em casa, ela colocava as bebidas atrás das panelas, embaixo da pia da cozinha.

Abri a porta de madeira e peguei outra garrafa. Coloquei-a na mesa e o encarei, com toda a minha determinação. De longe, ele me olhou de volta e assentiu. De igual para igual. Não me mirou com desejo, nem com condescendência, só como uma pessoa.

Paulo passou a vir com mais regularidade. Às vezes com a mulher, às vezes só. De um modo ou de outro, eu o observava. Uma noite esperei para usar o banheiro depois dele. Seu torso roçou em meu peito e percebi que eu blefava num jogo de pôquer, só que eu não tinha cacife nem frieza para jogar. Se aquele homem me pedisse, eu entregaria todas as minhas fichas.

No sarau do sábado seguinte, a turma do teatro enlouqueceu cantando "Polícia". Minha cabeça latejou com o volume. Saí da casa e encostei no portão da rua.

— Não gosta de Titãs? — Ele apareceu do meu lado.

Fingi naturalidade, com meu par de dois.

— Sei lá, acho até que gosto.

— O que as meninas da sua idade ouvem?

— A mesma coisa que os caras da sua.

Ele olhou para baixo e eu sorri — *full house*. Éramos duas pessoas numa calçada qualquer. Não havia degrau de idade, nem outra diferença que fosse.

Antes que me desse conta, Paulo já tinha saído do meu lado. Encostei no muro de pedras e deixei o frio gelar a minha nuca, meus ombros.

Depois daquele passo, começamos a nos encontrar no meio da noite, quando todos, incluindo a Tereza, já estavam loucos demais para perceber a nossa ausência. Era uma combinação nossa, velada, nada nunca foi dito. Paulo passou a vir durante a semana, quando a Bia não estava. Se vinha às sextas, acompanhava bem a hora em que minha amiga ia embora. A esposa nunca mais apareceu. Naquelas primeiras noites, eu não perguntei sobre ela, nem sobre o filho que eu sabia que eles tinham.

Paulo chegava ao portão da Joana Angélica com um copo de whisky para mim, saíamos andando pela rua para não dar bandeira ali parados. Embora não fizéssemos nada de errado ainda, sabíamos do nosso pecado. Um pecado original, nosso amor já nasceu maculado.

Dávamos voltas e voltas na praça Nossa Senhora da Paz. Por vezes, íamos até a praia ver a ressaca. Ficávamos horas ali, conversando. Paulo era *marchand* por *hobby* e investidor por profissão. Com dezessete anos, eu não entendia bem, só percebia que era ofício de gente que sabia das coisas. Falávamos sobre o preferido de cada um no *Clube dos Cinco*, que ele tinha visto com o filho, sobre *O Feitiço de Áquila*, e brincávamos que éramos águia e lobo, que só se encontravam de madrugada.

Ele me levava até o portão antes que amanhecesse e ia para casa. Tereza ainda dançava Queen, sacudindo os permanentes. Cansei de ir virada para a escola por conta das noites que passava com o Paulo. Em tantas horas de conversa, ele nunca tinha me beijado. Embora eu tivesse vontade, não me importava; gostava de ter alguém com quem falar. Alguém mais velho, preocupado com o que eu dizia, que não fossem só os pais da Bia quando me davam carona do colégio para casa. Tereza nunca me buscava e eu preferia mil vezes o Monza ao ônibus.

No carro dos pais da Bia, eu sentia sono e pestanejava com o acalento das vozes de margarina.

Uma noite, eu e o Paulo voltávamos para a Joana Angélica. Da esquina, ouvimos a festa por trás do muro de pedras. Tocava "Amante profissional". Se eu tivesse força ou maturidade, poderia ter escolhido ignorar a coincidência, quem sabe meu futuro teria sido outro.

Aos dezessete anos, eu só tinha a minha paixão e um desejo incontrolável de sair daquela casa, de fugir dos ecos da Tereza no primeiro foguete que aparecesse. Era inevitável, então, que eu cantarolasse, irônica, a trilha sonora do que vivia.

Paulo riu, era tão raro ele se soltar. Dançamos livres, em plena rua, o amor, sem preconceito. Eu fitava o Paulo e meus olhos prometiam a ele sigilo total.

É das memórias que tatuei no coração.

Logo depois, veio a música que eu escutava no toca-fitas para pensar nele. *Nem quero saber, se o clima é pra romance, eu vou deixar correr...* Gelei até a espinha. Era a minha chance, era naquele instante ou nunca mais. Envolvi o Paulo e me encaixei no seu ombro, onde entendi que cabia tão bem. *Perigo é ter você perto dos olhos...*

Encarei aquele homem, segurei-o perto de mim. Meu passaporte.

— Quero te ver num horário normal, longe daqui.

Paulo olhou para o lado, pude ver que pensava.

— Menina, você vai me colocar em encrenca...

Não desviei os olhos, apertei seu corpo num abraço.

Paulo virou a palma da minha mão, tirou uma caneta do paletó e anotou um endereço no Flamengo.

— Me encontra amanhã nesse lugar quando sair da escola.

Entrei em casa e me tranquei no quarto. Copiei o endereço num papel, mas nem precisava, eu já tinha decorado. Deitei e não consegui dormir. Passei o resto da noite concentrada na caligrafia do Paulo, a tinta azul permeava a minha pele e me fazia pulsar.

Eu ainda não sabia, mas o lugar era uma *garçonnière*. Uma quitinete onde eu e o Paulo passaríamos muitas tardes, talvez as mais felizes que vivi.

Sem amarras, sem culpa. Com descobertas, calafrios, risadas, deslumbre.

Deu na TV e nos jornais. A noite dos discos voadores. A noite dos discos voadores! Eu não desliguei a televisão naquela semana de maio. Eles falavam em vinte e uma naves, mas podia ter sido mais. Foram vistas do Rio de Janeiro, do interior de São Paulo e de Brasília.

Os discos voadores viraram minha obsessão. Eu pensava de onde vinham, se eram marcianos, como brilhavam naquelas cores, como se deslocavam com tanta velocidade. Os militares se meteram no céu para persegui-los e os espantaram. Deram uma entrevista para dizer o óbvio, que as naves eram mais rápidas que qualquer avião que já existiu, que não conseguiram alcançar nem identificar os objetos. Idiotas.

Mais feliz foi o controlador de voo que os avistou primeiro, posou para os jornais da cabine de controle, bonitão. Sérgio Mota: esse sim soube admirá-los. Sua beleza, brilho. Sua superioridade. Enquanto isso, dois aviões comerciais lotados de passageiros cruzaram por acaso com os discos no céu. Lamentei demais não estar naquele voo da Transbrasil...

Ao longo do mês, pensei em viajar até Araxá. Uma prima do porteiro do prédio ao lado dizia ter visto inúmeras luzes cintilantes. Acabei indo para Búzios. As noites por lá eram escuras, quem sabe os discos apareciam. Eu torcia para que eles voltassem, para que eu pudesse vê-los. Não sei dizer por que aquilo me importava tanto. Eu precisava e merecia esfriar a cabeça.

Deixei Alice para trás, voltei ao capô da Belina, ao barulho das ondas da Praia do Canto. Os marcianos podiam nos ensinar a cura da Aids, a forma de mudar do rosa para o laranja, o teletransporte, a calma para ultrapassar tormentas. Alice. Alice não iria muito longe, o pior estava feito.

Em que planeta eu estava que não vi aquele verme se aproximar dela? Rastejar incólume pelo meio da sala, espalhando muco e mediocridade, enrolar-se pela sua perna, e subir até a xoxota. Deixei Alice engravidar. Como fui capaz de abandonar minha filha, minha filhinha, meu tesouro, a esse ponto? Que merda de mãe.

Abandonei minha mãe antes que ela pudesse escolher me abandonar. Antes que ela pudesse absorver nossas discordâncias, que já eram tão concretas. Eu tinha vontade de ser só. Nunca parei para refletir sobre esse meu desprendimento, uma forma genuína de egoísmo. Não pensei nele até repeti-lo com a minha filha e pavimentar nossas diferenças com cimento e consequências. Eu não conseguia fazer de outro modo, apenas me afastava.

Naquelas madrugadas em Búzios, eu mirava o céu, buscava os discos voadores e anotava tudo que poderia ter dito à Alice nos últimos anos. Não sei por que não disse. Talvez tenha confiado em Francisco para isso, e mais tarde eu estava ocupada demais com meu luto, com meu trabalho, minha fuga. Talvez tenha me faltado coragem para olhar para ela como uma mulher e dizer aquelas coisas que precisam ser ditas por uma mãe a uma filha.

Nem Francisco, do túmulo, nem os pais de uma amiguinha, de um beliche, nem os meus velhos, dos cafezais de São Paulo ou dos aviões até Paris, ninguém poderia dizer a Alice o que eu precisava lhe ensinar. Há falas que cabem às mães. Eu era a mulher responsável por outra mulher.

Naquelas semanas, comecei a escrever algumas linhas num caderno. As frases que eu deveria ter dito. Coisas que, olhando para trás, minha mãe também não me disse. Antes que ela pudesse pensar em me listar suas verdades, que não seriam as minhas, eu parti.

Mas por que decidi seguir com a Alice essa cartilha torta e podre? Uma tabuada de silêncio, indiferença, covardia, cerimônia. Ela poderia fazer uso ou não dos meus dogmas, mas cabia a mim provê-la.

Esse lance de ser mãe é uma encruzilhada, não há saída digna. Sempre tive medo de falar demais, de interceder e arrancar da Alice a sua liberdade, o seu olhar para o mundo. E, com essa justificativa bem moderna, desamparei. Não ensinei, não dei norte, nem limite. Será que foram esses os meus motivos? Ou será que eu realmente só não quis olhar para a Alice como minha sucessora e ver o holofote trocar de direção? Eu tinha quarenta e dois anos e seria avó.

No escuro, eu deixava que o céu lambesse minhas feridas. Chamava os discos voadores sabendo que não me ouviriam, mais uma vez. Não tinha dado tempo, de novo. Eu tinha falhado.

E, com a certeza de que tinha falhado e a convicção de que não poderia ter feito diferente, eu só escrevia.

O caderno de Tereza e Carolina

Batom vermelho não foi feito para mostrar os dentes.

Quando usar, sorria de boca fechada.

Quando soube que Alice esperava uma menina, passei a escrever ainda mais no caderno. Uma mulher, é claro que viria uma mulher. De nossa linhagem só enveredariam fêmeas. A mulher que nasceria da Alice começou a ser gestada em mim, quando minha filha, ali dentro, desenhava seus óvulos, seus círculos, no calor do meu útero redondo. O infinito tem muitas formas de ser escrito.

Quando eu abria o caderno, mesmo sem saber, falava com uma menina. Ela precisaria aprender a lidar com suas flores. Eu a manteria por perto e a ajudaria a plantar raízes. Em troca, a menininha me daria forças para eu terminar de criar a minha Alice. Ainda era tempo, o sonho é um origami de incontáveis dobraduras.

Eu escrevia no caderno tudo que achava necessário dizer à minha neta para não correr o risco de esquecer. A vida é um milagre, e cada mulher é uma força. Segundas chances são as que nos restam e dessa vez seria diferente, o universo me dava mais uma volta em torno do feminino.

O caderno de Tereza e Carolina

Não deixe ninguém dizer que você tem sorte. Nunca escutei ninguém falar que um homem tem sorte.

Ouvi tanta bobagem quando comecei a vender meus quadros. Saí da casa dos meus pais com dezessete anos, atrás de arte e liberdade. Levei todos os nãos, escutei que não tinha talento muitas e muitas vezes. E também ouvi que não poderia ser artista, porque a minha família tinha grana.

Minha resposta foi continuar. Eu estudava, pintava, engolia um prato de sapo por dia e ia em frente.

Então, por favor, não deixe jamais ninguém ousar dizer que foi sorte.

Errei na conta. Eu não tinha que ter ido até a Tereza. Ela jogou tudo no ventilador da pior maneira possível. Eu deveria ter contado ao Paulo, dividido com ele, do mesmo jeito que fazia com as redações da escola, as brigas com a Bia, minha dúvida entre Economia ou Engenharia. Eu partilharia com o meu namorado mais um assunto da minha vida, da nossa.

Nunca fui a um médico pegar uma prescrição de pílula, não tinha como. Nem precisava. Não era complicado tomar o comprimido, no mesmo horário, todo dia. Paulo me explicou que tinha medo de usar camisinha e broxar, que mal transava com a esposa, quase nunca, só em aniversários, uma ou outra vez nas férias de julho e janeiro. Ele dizia que era praticamente um celibatário, e eu, um vulcão.

Eu acreditei, e me apaixonei.

Paulo era dilacerante. Ele me ouvia com atenção, era só eu ter contado que algo tinha dado errado...

Bia tentou me ajudar; sua irmã conhecia uma menina que tinha feito um aborto numa clínica em Piedade, eu só precisava do dinheiro.

Procurei a Tereza, achei que ela iria me apoiar, eu nunca pedia nada, autossuficiente desde os onze. Na única vez que pedisse, ela me estenderia a mão. Foi o que pensei.

Jamais imaginei que minha mãe fosse invocar sua autoridade, uma suposta dignidade que ninguém lembrava mais que ela tinha. Se fosse uma aluna, Marta, Lulu, até o Felipe, pedindo colo para uma namorada, Tereza cederia na hora. Emprestaria o dinheiro, dirigiria até Piedade e depois arrumaria o quarto de hóspedes para o repouso. A incongruência dela aumentava minhas náuseas. Pensando bem, por que eu achei que poderia confiar na minha mãe?

Eu teria vergonha se o meu pai estivesse vivo. Engravidar aos dezessete de um homem casado não tinha nada a ver com a filha que nadava ao seu lado, e dividia a *viennoise au chocolat*. Confesso que não sei onde escondi a menina que fui.

Tereza me castigava ao me obrigar a ter a criança. Eu não queria. Eu queria ser livre, inclusive dela. Papai me abandonou e levou com ele o motivo que eu teria para me envergonhar. Minha mãe, a rainha do corpo fora, só agora se lembrava de me punir.

— Alice, pare de culpar os outros por tuas escolhas — ela me disse numa das nossas discussões intermináveis.

Eu queria ficar com o Paulo porque era em seu peito que eu podia dormir e pensar no futuro. Aquele homem me mostrava que tudo que eu via na casa da Bia, a felicidade, a família Doriana, caberia em mim. A gente só precisava de mais tempo. Mais horas para ele ver o quanto poderíamos ser felizes juntos além das paredes daquela quitinete alugada. Para ele perceber que éramos para sempre. Esse era o detalhe que faltava.

O Paulo se deu ao trabalho de me enxergar. Ele me dava uma segurança parecida com a que eu tinha com o meu pai, quando boiava em seus braços na piscina. Um amor de que eu tinha certeza, ou, ao menos, achava ter. Era de verdade, e teria sido eterno se não fosse a Tereza e seu rolo compressor. A Tereza e sua destruição sádica.

Ela não precisava ter feito dessa forma. Foi para se vingar, porque, em silêncio, todos os dias ela me acusava da morte do meu pai. Eu também me culpava.

Deixar a barriga crescer, expor minha humilhação, minha rachadura, foi o chicote da Tereza. Eu poderia ter sido feliz, o resultado positivo teria sido uma vírgula. Minha mãe fez questão que fosse um ponto, o fim de um romance.

Não vi mais o Paulo. Um corte. Antes, encontrava com ele todas as tardes na quitinete e, de repente, da noite para o dia, paramos de nos ver.

Eu não estava com a Tereza quando ela bateu na porta dele e cuspiu em seu rosto. Mas era como se estivesse, de tanto que ela repetiu essa história; pelos seis meses que faltavam da gravidez, pelo restante da minha vida. Para Bia, para dona Zezé, para o meu médico, para todos os atendentes da Padaria Ipanema. Cada vez com mais prazer, mais poder. Minha barriga aumentava e eu diminuía, humilhada por Tereza e seu sadismo encapuzado de coragem.

Paulo nunca mais apareceu, nem telefonou. Eu também fugiria, se pudesse. Eu ligava em vão para o endereço da quitinete. Depois achei o número da casa dele nas páginas amarelas e passei a telefonar muitas vezes. Hora atendia a mulher, hora o filho. Eu nunca dizia nada. Comecei a me perguntar se ele teria saído de casa. Queria saber onde estava, o que tinha acontecido. Comigo, meu corpo não deixava dúvidas do que vinha acontecendo.

Veio a Copa do Mundo e tive a ideia de telefonar durante os jogos. Em algum deles, se ele ainda morasse em casa, estaria lá para atender.

Logo no primeiro, Brasil e Espanha, enquanto Tereza vibrava entre a corja de alunos e engradados de cerveja, eu escapei e liguei. Atendeu a cozinheira. Passou o telefone para ele aos berros.

— Seu Paulo, é pro senhor!

Ouvi sua respiração; parecia o cheiro que costumava dar em minha nuca assim que eu chegava na quitinete. Ele levantava meus cabelos com uma mão e a outra enfiava debaixo da saia cinza do meu uniforme.

— Paulo?

Ele desligou. Telefonei de novo, e a mesma pessoa atendeu. Disse que o patrão não podia falar, estava vendo o futebol.

Passei a ligar sempre que a seleção jogava. Já não sabia bem o que me importava, se eu desejava escutar sua voz, ou se meu prazer era incomodá-lo, perturbá-lo. Queria que o Paulo soubesse que eu esperava por ele, que eu o amava. Eu o amava de verde e amarelo.

Ele nunca atendeu. Lá pelo meio do segundo tempo, alguém tirava o telefone do gancho.

Em todos os jogos, eu chorei. Não vi o Brasil se classificar, não vi nenhum dos quatro gols que fizemos na Polônia, não vi o Zico perder o pênalti para o goleiro Bats no Brasil x França.

Em que realidade o Paulo podia não querer falar comigo? Em qual hipótese o nosso namoro não superaria aquela primeira dificuldade?

Depois dos pênaltis, eu me desfiz. Encolhida num amor não vingado, pensava no que tinha feito da minha vida. E em tudo que não iria viver dali pra frente.

O grito vem de dentro das pernas. O rasgo, a dor, o clarão, o expurgo. Uma menina. Pequena, delicada nas minhas mãos. Eu sabia e não sabia que gerava uma mulher. Era uma abstração, uma tela da Tereza, cor de lilás. Agora ela está aqui, no meu colo, de olhos fechados para o resto do mundo. Sou o seu porto. Eu nem sabia que podia ser o porto de alguém. Um cheiro quente, que é meu e não é, que sempre esteve aqui, eu só não sentia. Um órgão meu minutos atrás, agora fora do corpo, aconchegado na manta de crochê que minha avó costurou para mim na cadeira de balanço da fazenda. Nunca chegou a atravessar o oceano. Tereza a tirou do armário, mandou lavar e pôr no sol. Vai ver sempre foi dela, da minha filha. Me assusta pensar com possessivos, soa artificial. Ela usa uma touca branca na cabeça, não tem mais o meu útero, o lado de fora é frio.

Antes que eu perceba, a boca vem no peito. A enfermeira ajuda, com o meu bico em suas mãos, não me pede licença. A bebê usa o meu corpo, também não me pede permissão. Dou a ela o leite que não vi em mim. Voltamos a ser uma só, encaixadas, numa engrenagem propulsora de vida. Ela se aninha, eu choro. *I'm not in love, it's just a silly phase I'm going through.* Ela depende de mim. E é tão pequena, não posso depender dela. Tenho pavor e ternura. Eu a pus no mundo, não perguntei se ela queria vir. Em alguma instância, alguém deveria perguntar se queremos viver. Penso em muito para lhe dizer. Rezo para que nunca nos falte coragem. A coragem que o Paulo não teve mudou a nossa vida. Eu respiro junto com ela, no mesmo compasso. Penso nas bordas da Tereza, mas não quero ocupar minha cabeça com círculos. Fecho os olhos, tenho o mundo inteiro nos braços. Rezo para que ela admire essa virtude mais do que as outras, a coragem. Para que à sua volta nunca faltem os cheios de bravura.

E para sempre o pai dela será o homem que nos ensinou a amar os valentes. Viver é bom. Posso ficar aqui, posso ser alimento o tempo que for. Posso contar os dedos, os fios do crochê.

Alguém nos invade e a toma.

— Precisamos fazer os exames médicos, daqui a pouco eu a trago de volta.

O silêncio disseca o papel em branco. Tiram o mundo de mim.

Bebo o vazio do corpo deixado, do livro esquecido. Resto seca. *Don't get me wrong. I'm not in love.*

O caderno de Tereza e Carolina
Na minha adolescência os garotos tinham mania de dizer: "Eu não vou fazer nada que você não queira." Como se eu tivesse que agradecer por isso.

Era o terceiro dia de maternidade. A bebê ia e vinha sob os olhares da família. Meus avós haviam chegado do interior de São Paulo. Bia passava um tempo comigo, quando saía da escola. Nenhuma outra visita de fora; o clima era de panos quentes, não de celebração. Eu era uma menina deitada num hospital, alheia ao que acontecia. Não tinha pressa de ir para casa, naquele leito cuidavam de mim e da bebê. Alguém dizia que era hora de comer. Primeiro eu, depois ela. Colocavam o meu peito para fora, acomodavam a cabeça da menina no meu colo. Hora do banho, hora de dormir. Por alguns dias, eu fiquei entregue às mulheres que conheciam a natureza.

A bebê me inspirava silêncios, ela me preenchia com seus goles apressados. Há certa inadequação na adolescente que dá à luz. Eu olhava os meus avós ao lado da menina e tirava minhas conclusões. Eles sabiam que eu tinha feito sexo, com um homem casado. Eu calava fundo, enquanto em algum lugar, entre o constrangimento, o cansaço, a irritação com Tereza, eu me sentia feliz.

Tereza agia com naturalidade, como se não tivesse parte na tragédia. Era uma frugalidade misturada com palavrões, pragmatismo e cheiro de cigarro. Ela falava alto pelos corredores da maternidade, cumprimentava as enfermeiras, comentava sobre o "Namoro na TV" da semana passada. Perguntava se o neném da madrugada tinha saído da UTI, se os gêmeos do andar de cima tinham pegado o peito da mãe, se havia alguma cesárea agendada para aquela noite. Elogiava os cabelos de uma, os brincos de outra, distribuía balas Juquinha, pedia que trouxessem mais manteiga junto com o pãozinho do jantar.

Eu queria morrer. Minha cabeça embaçava, as olheiras tomavam o resto do corpo que a menina não sugava. Então eu segurava a bebê e sentia um brusco e inesperado ímpeto de vida.

Naquele dia, no meio da tarde, Tereza ficou mais agitada que o normal. Entrava, saía, falava em códigos com os meus avós, achando que eu não era capaz de traduzir.

Ele iria chegar.

— Preciso registrar a menina. Marquei com o verme. Você vai permitir que ele a conheça?

— Vou — nem titubeei.

— Decidiu o nome?

— Carolina.

— Mulher livre.

Olhei para Tereza sem entender.

— É o significado de Carolina, mulher livre.

Não sei em qual gaveta minha mãe guardava esses conhecimentos. Discretamente, pedi ajuda a Bia. Penteei o cabelo, ela me emprestou um batom, passou em minhas têmporas um pouco de rouge. Troquei a camisola, vesti o robe de *laise*, presente da minha avó.

Paulo não demorou a chegar. Trazia uma ursinha de pelúcia de camiseta rosa, embalada na sacola da loja da maternidade.

Eu me empertiguei na cama.

Assim que viu o Paulo, meu avô se levantou e saiu do quarto. Encarou-o por um bom tempo no caminho. Vovô era um homem dos cafezais, das conversas, dos acordos. Nunca tinha o visto destratar alguém assim.

Paulo desviava dos meus olhos sempre que podia, tão diferente de quando me atravessava, por horas a fio, na *garçonnière*. Havia um farol em nós, a luz cegava. Ele me cumprimentou com um aceno. Tereza pegou a bebê no colo e deu a ele.

— Essa é Carolina, a sua filha.

Ele recebeu o embrulho quente, olhou para a bebê com a culpa do porvir.

Tereza o puxou para que saíssem.

— Alice, vou com o Paulo registrar a Carolina. Já volto com a sua filha.

— Na verdade, Tereza, será que você poderia me dar licença para eu conversar um pouco com a Alice antes de irmos?

— Você só pode estar de sacanagem.

A bebê logo reclamou por baixo da manta de *piquet*. Paulo, num instinto, passou a niná-la. A menina acalmou. Vovó tirou minha mãe de lá, e Bia me ofereceu um olhar tranquilizador. Ela estaria por perto.

E de repente havia nós três no quarto. A família que poderíamos ter sido e que eu ainda sonhava que fôssemos. Paulo era o homem que eu amava. Pensei somente nele naqueles meses, enquanto a barriga crescia e eu telefonava para a sua casa durante os jogos do Brasil. Eu era louca por ele. E agora ele estava ali com a nossa filha no colo, soprando chiados para aquietá-la. Meu corpo acelerava. Eu queria me atirar em sua boca, pedir que ele nos levasse de lá, nós duas, para enfim seguirmos ao lugar que imaginei.

Eu queria abraçá-lo, mas ele não me abria o peito. Com cuidado, colocou Carolina no berço. Paulo sabia como segurar um recém-nascido, já tinha feito aquilo antes. Eu olhava para ele da cama de uma maternidade. E ele em pé, de topete e paletó. Tinha tido tempo de se perfumar, de ser livre, enquanto eu tomara posse da bebê e de todos os olhares pesarosos que me lembravam da burrada que eu tinha feito. Liberdade só mesmo no nome que tinha dado à minha filha, sem imaginar o significado.

— Ela é uma graça.

— Parece com a minha mãe.

— Parece mesmo.

Paulo não sabia o que falar e eu não conseguia dizer a ele tudo o que queria.

— Não vai faltar nada para vocês, Alice, te garanto.

Ele ajeitou a aliança no dedo, o anel que eu quase não via, porque ele colocava no bolso assim que chegava na quitinete. Já os dedos dele, esses eu conhecia bem.

— Você entende que tenho uma família, né? Tenho um filho de quinze anos, eu acabaria com a juventude dele.

Não digo nada.

— Tudo isso vai passar, e você um dia vai encontrar um cara bacana e ter outros filhos.

Deixei as paredes do quarto abafarem o ruído do abandono. Tereza falava cada vez mais alto do lado de fora, um prenúncio de que entraria a qualquer instante. Então juntei minhas forças.

— Paulo, eu preciso saber o motivo. Você nunca me disse que não conseguiria. Prefiro imaginar que é falta de coragem do que falta de amor. Prefiro pensar que é medo do que entender que eu não signifiquei nada para você.

— Você sabe que significou, Alice, você acha que eu costumo perambular por Ipanema de madrugada com outras garotas? Acha que é normal passar meses conversando com você sem nem te encostar? Claro que senti algo forte por você.

— Então, se é falta de coragem, talvez seja pior. Porque eu não vou deixar de amar você nem de torcer para que um dia você venha com a gente.

Respirei fundo, olhei para Carolina e continuei:

— Sabe, só quando ela nasceu que fui ver que a coragem pode faltar a alguém. Eu nunca dei valor a isso, não admirava uma pessoa por ser corajosa. Existem vidas em que simplesmente *não dá para não* se ter coragem. E acho que a minha, até agora, foi bem assim.

Paulo ajeitou o blazer e me olhou num lamento. Eu esperei que ele dissesse algo mais, mas aquele homem *não tinha nada a me oferecer, nem a voz.*

A virada do milênio

Minha avó. Minha linda e mágica avó. Seu cafuné me acolheu ao longo da vida. Os dedos iam e vinham em meu cabelo encaracolado. As plumas do perfume âmbar acolchoavam meus pesadelos.

Ela cantarolava. *Carolina em seus olhos fundos guarda tanta dor, a dor de todo esse mundo.* Minha avó, aquela grande mulher, ainda assim ninava-me o vaticínio. E eu acreditei nesse fardo. Acreditei e construí.

Não sei se comecei a cultivar a dor, regar, adubar, pôr no sol... ou se ela só nasceu comigo. Cabe a mim secar o sangue, limpar o corte, livrar minha mãe de todo o sofrimento por ter me tido.

Lá fora, uma estrela caiu e mamãe não viu. Lá fora, uma vida acabou quando a minha chegou.

O barco partiu, não no nosso verão.

Eu ouvia minha avó cantar e entendia que, ainda que eu pinçasse um dia esplendoroso, um beijo na boca, um mar de cinema, eu não poderia me enganar.

Eu vim ao mundo para cantar o fado de ser triste.

◇⊰————⊱◇

O mestrado não explica a exaustão da mãe de um recém-nascido.

Eu acordava de madrugada com taquicardia. Chamava a Tereza, pedia que ela me ajudasse a não deixar Carolina cair no chão.

Em meus minutos de sonambulismo, eu carregava minha filha no colo, no escuro, enquanto a bebê dormia no berço.

Não sei bem o que sonhei que aconteceria ao engravidar do Paulo. Na minha pele o final feliz entrou por osmose, junto com as histórias de princesa. Devo admitir que, de algum modo, imaginei o Paulo separado, assumindo nossa família, pegando a bebê no colo, orgulhoso de mim, sua nova mulher, inteligente e jovem. Por mais que eu planejasse o aborto, um pedaço do meu cérebro desenhou o enxoval e a noite de núpcias.

O que não calculei foram aqueles primeiros dois anos de solidão. As mordidas no bico do peito, o choro ininterrupto, a cólica, o desespero. E, mais ainda, minha capacidade de amar, apesar do antropofágico. Por dois anos, eu me esvaziei de mim, não fui nada além de mãe da Carolina. Das diversas ambições que tive, essa não foi uma delas.

Naquela dupla de anos, eu me entreguei à Carolina com toda maestria. Fui valente, me esmerei, procurei o instinto a que tanto aludem. Em alguns instantes, que pareciam ser eternos, nas mamadas que davam certo, nas melodias, no chão do atelier da Tereza repleto de tinta, papel pardo e mãozinhas carimbadas, de fato me perguntei se a vida não deveria (e poderia) ser só aquilo.

Foi errado querer mais? Se um homem tivesse tido um filho aos dezessete, o que seria esperado dele? Vinte e quatro meses de dedicação exclusiva seria um feito louvável, jamais questionado.

Passada a raiva, percebi que o plano da Tereza pareceu acertado. Poucos meses depois que Carolina soprou a vela com o dois, as bochechas esmagando seus olhinhos, felizes pela chama apagada, eu comecei a faculdade. Voltei a ser jovem, a ter dezenove anos, trote, festas, meninos. A faculdade me interessava, eu estudava, e, aos poucos, me desligava da maternidade, com atestado médico e boletim. Eu podia ser só uma jovem estudante de Economia que se destacava por seus comentários em classe.

Enquanto eu estudava para as provas, Carolina falava as primeiras frases. Eu escrevia a monografia, e Carolina brincava de boneca. Nos finais de semana, eu acordava tarde por conta das festas, e Tereza já voltava da praia com a menina, cheia de pasta d'água no nariz. Minha filha me dava um abraço de bom dia que tinha cheiro de filtro solar e inocência, enquanto meu hálito exalava vodca e remorso.

Eu acompanhava sua infância de longe, mas acompanhava. Não sabia o que almoçava, ou o que jantava, não sabia nem mesmo que turquesa era sua cor preferida. Quase nunca a colocava para dormir. Ainda assim, Carolina me via todos os dias.

Quando terminei a faculdade, um professor sugeriu um mestrado fora. Eu achava que não tinha chances; mãe solteira, dois anos atrasada. Apliquei com todas as esperanças disfarçadas de desalento. E assim, sem mirar, acertei em Columbia.

Como desdenhar de um regalo sem remetente? Como rejeitar Columbia? Se fosse um jovem pai de vinte e três anos que fosse convidado para um mestrado numa das mais reputadas universidades do mundo, não haveria hesitação. Por que, comigo, deveria haver? Tereza pendulava entre os dois lados da balança; metade se orgulhava do meu feito, metade lamentava por Carolina.

Mais que a experiência em si, eu queria que Paulo soubesse o voo que eu tinha alçado. Por anos norteei minhas ações pensando no Paulo. Talvez por décadas. Entrava e saía outono, e eu pensava nele, só nele. Recortava notícias de seus empreendimentos nos jornais, perguntava por ele, discretamente, aos artistas que ainda frequentavam a casa da minha mãe. E todas as vezes que eu saía pela Joana Angélica, imaginava que iria encontrá-lo na próxima esquina.

Convenci a Bia a ir comigo para Nova York. Ela inventou um curso de moda, depois um de pintura, outro de fotografia, depois um emprego numa galeria de arte, um namorado libanês, um sueco. Perder a família no Bateau Mouche fez da Bia uma herdeira de patrimônio e cicatrizes. Nômade por uma vida inteira.

Uma vez li que só se move quem não pode permanecer. Naqueles anos, depois da Carolina, entendi que não podia ficar no Rio. E Bia, depois do naufrágio, jamais pôde.

A família da Bia, seus pais, sua irmã, seus irmãos, havia adormecido a vinte e tantos metros de mar. Naquele profundo, ficou também a âncora da minha amiga. Bia não podia mais fincar raízes em nenhum lugar, deixar que ninguém fosse seu porto.

Ela não estava no Bateau Mouche porque naquele réveillon implorei por sua companhia. Eu ainda não tinha voltado para a faculdade, não estava acostumada a sair e deixar Carolina, o que ironicamente viraria um hábito poucos meses depois. Convidei a Bia para a festinha da Tereza e, sei lá por que, ela aceitou. Talvez porque fosse madrinha da minha filha, talvez porque esse fosse o seu destino. Perverso, sagrado, debochado. Naquela última noite de 1988, o fardo da Beatriz era viver.

Foi a pior madrugada que já atravessei. Parecia não ter fim. Tereza, desesperada, tentava tapar os olhos de nós três. Carolina chorava no meu colo, os corpos da família da Bia eram estirados um a um no píer do Iate Clube. Estávamos tão perto da Praia Vermelha, a mesma praia onde Bia ia procurar latas de maconha naufragadas com as novas amigas no verão do ano anterior. Mas o barco não terminou a curva. Se ela soubesse a visão que aquelas águas lhe guardavam para doze meses depois...

Bia dormiu o ano de 1989 inteiro na nossa casa. Às vezes na minha cama, às vezes no chão do quarto da Tereza, ou ao lado do berço da Carolina, pintado de flores. Desde então, viramos a versão mais próxima ao que minha melhor amiga poderia chamar de tribo; ela sempre foi mesmo a minha. No chão da sala da Tereza, entre as almofadas coloridas, assistimos à queda do muro de Berlim na TV, embora vibrássemos mais com Perpétua e Tieta na novela.

Eu e Bia moramos em Nova York de 1993 a 1995. Ouvíamos Nirvana no apartamentinho que dividimos na Rua 104 com a Terceira Avenida. De dois em dois meses eu mandava caixas com cacarecos de plástico, canetas de purpurina e carimbos para Carolina. Sentia uma saudade terrível da minha filha e uma felicidade absurda por estar longe, por poder me dedicar à carreira e me ausentar daquela prisão em que tão jovem tinha me enclausurado. Como é possível assumir uma responsabilidade tão perene perante alguém? Como fazer isso tão cedo?

Quando terminei o mestrado, tive um convite para trabalhar no JP Morgan, em Nova York. Dessa vez a culpa não me permitiu. Não havia mais motivos para estar longe, e eu tinha propostas para trabalhar nos principais bancos do Brasil.

Além disso, agora eu sentia que minha filha, do auge de seus nove anos, me punia. Cada vez menos respondia aos faxes que eu implorava na secretaria da faculdade para enviar. Quando eu ligava, ela não queria falar comigo.

Ainda que soubesse que era o certo a ser feito, não consegui represar as ondas de ressentimento naquela volta ao Brasil. O que não poderia ter acontecido se eu tivesse aceitado o emprego dos sonhos? Que parte dos meus desastres eu poderia evitar?

Carolina foi uma corrente que por anos carreguei, na maioria das vezes, com amor. Nem por isso ela deixou de ser uma algema. Eu poderia ter me mudado para São Paulo com minha filha, as oportunidades eram melhores. Mas, àquela altura, a vida dela já não fazia sentido longe da avó, e bem ou mal eu queria estar perto do Paulo. Queria ter a chance de vê-lo na rua, de desfilar minha prosperidade elegante.

Isso eu só entendi depois. Naquele momento, foi mais fácil culpar a relação da Tereza com a Carolina. A relação pela qual eu era grata e também invejava.

Foi assim que caí no Global, um banco de investimentos de uns economistas cariocas, uma geração acima da minha. Aos vinte e seis, eu não conseguiria mais morar com a Tereza, então aluguei um apartamento em frente à casa dela, também na Joana Angélica. Da varanda eu via o seu quintal, menos barulhento do que na minha adolescência, mas ainda movimentado. A bicicleta da minha filha ao lado da tela de um aluno pintada pela metade, junto de um monte de sucata que Tereza coletava para as esculturas. O que mais doía em mim eram as gargalhadas, essas nunca saíram de lá.

Deixei Carolina pintar um arco-íris na parede do seu quarto. Teríamos sido felizes naquele apartamento, mas a verdade é que mal ficávamos ali. Carolina passava mais tempo na casa da Tereza que na minha, e eu praticamente não saía do Global.

Era lá que eu estava anos mais tarde, em 2000, quando conheci o Raul. Era só lá que eu estava, virando noites e conferindo nos jornais a logo do banco ao lado dos anúncios das grandes operações de *private equity*. Era lá que eu estava a cada manhã, abrindo as páginas dos mesmos jornais e me perguntando se o Paulo leria sobre tudo o que fazíamos no país.

Eu construía uma história coletiva, refazia a minha individual, soprava para longe a maternidade e tentava, ainda, que Paulo me enxergasse de perto. Bem-vestida, maquiada, inteligente, investindo os bônus abastados que ganhava.

Era no Global que eu estava quando tantas vezes fui chorar no banheiro por gritos de homens voluntariosos, humilhações tão públicas quanto cruéis, ou por tremedeiras de urgências que não faziam sentido. Era lá que eu estava quando Carolina deu seu primeiro beijo, quando ela menstruou pela primeira vez.

Era lá que eu estava quando recebi uma ligação da Bia para contar que sua tia tinha ouvido no salão que o Paulo estava se separando finalmente da Berenice. Iria se casar com uma menina um pouco mais nova que eu. Era lá que eu estava quando prendi o choro, liguei para o Raul e topei acelerar as coisas, como ele já bem queria.

Era lá que eu estava em 2001, quando, rodopiando meu anel de noivado de muitos quilates no dedo, numa época em que isso ainda nem era moda no Brasil, recebi o convite para virar sócia do Banco Global. E declinei.

Declinei. Para seguir o pedido do Raul e começar a trabalhar na construtora multinacional da família logo após o nosso casamento. Para parar de pagar dívidas de ações que ainda nem eram minhas e provar ao Paulo, e a todos aqueles homens que me fizeram chorar no banheiro, que eu tinha conseguido.

Era lá que eu estava e era lá que eu deveria ter ficado. Porque, ao contrário do que a gente insiste em imaginar, a vida sempre pode piorar. Os revezes hão de existir. Teria sido melhor, então, chorar por alguns minutos no banheiro do que errar para sempre.

Mas ali, em 2001, eu ainda não entendia isso. Eu só sabia que tinha o Raul e podia, portanto, recusar convites profissionais e esfregar na cara do Paulo que também iria, enfim, me casar. Com alguém mais rico, mais jovem e com o currículo mais cheio de poder.

Até aquele momento, essa era a minha maior vitória, o troféu de toda uma existência. Que ato falho eu ter buscado tanto uma carreira e comemorar meu apogeu justo num casamento. A vida tem dessas hipocrisias.

E foi assim que eu me casei, em 2001. Sonsa, com o orgulho ferido e incontrolavelmente feliz.

O caderno de Tereza e Carolina

Não entendo por que os filmes inventam mulheres elásticas e compactas que tiram a calcinha, transam no banheiro do avião e gozam em três segundos. Essa fábula é um desserviço.

Búzios sempre foi pouso. E o Jorge, lar. Aquela era a casa do Jorge antes de eu chegar, ele nasceu quatro anos mais cedo. Crescemos desenhando com gravetos na areia da praia, procurando os cachorros do condomínio que fugiam à noite, devolvendo a bola da casa ao lado que caía no nosso gramado. Nosso gramado. A casa era da minha avó, mas Jorge, Rosa e Ademar moravam ali o ano todo. Sabiam mais sobre as bromélias, os ninhos de sabiá entre as bananeiras, sobre as rachaduras que o sol abria na tinta dos muros.

Os verões eram longos em Búzios. E também as férias de julho, os carnavais, as páscoas, e os finais de semana de novembro. Enquanto fomos crianças, era comum eu lanchar na casa da Rosa e do Ademar e o Jorge sentar comigo, na cozinha da minha avó, enquanto a Rosa assava pão de queijo.

Quando Jorge fez treze anos, eu ainda tinha nove e a distância entre nós de repente ficou maior. Eu achava que era uma questão de diferença de idade, demorava uns dias para reverter. Depois de um tempo, nós voltávamos a ser quem éramos. Foram anos que custaram a passar. Eu com dez, ele com catorze, eu com doze, ele com dezesseis.

No ano 2000, vovó reformou a casa de Búzios. Ela queria se preparar para a energia nova do milênio, trazer bons fluidos. Passamos aquele ano inteiro sem ir lá, até que chegamos em dezembro para entrar em 2001 na casa que vó Tereza tanto amava. Eu com catorze, peitos, bunda, cabelão e vontade.

Na minha cabeça estávamos em pé de igualdade, daí fantasiei que eu e o Jorge fôssemos conviver como antes. Mas éramos, enfim, dois adolescentes comprometidos com seus hormônios. Jorge tinha acabado a escola. Não iria fazer faculdade, por mais que vovó e mamãe suplicassem a Rosa e Ademar que repensassem a decisão.

— Com todo respeito, dona Tereza, faculdade é coisa pra rico. Em Búzios, onde meu filho vai usar faculdade?

Naquele ano, o Jorge, que antes era o "garoto que eu gosto", virou o homem que eu desejava. Se eu havia passado a infância fazendo corações nos cadernos da escola, desenhando C e J no vidro suado do box, agora eu me demorava em amarrar o biquíni cortininha, que vivia desamarrando das minhas curvas recém-feitas. Meu corpo era novo, e meu desejo por Jorge aparecia nas frestas da janela. Ele estava mais alto do que eu lembrava, mais forte, mais bonito.

Eu provocava, o Jorge se escondia; nas tarefas para ajudar o pai, nas ruelas de Búzios, na vida de moleque que ele passou a viver. Tinha começado a pescar com o tio. Saía de manhã cedo e voltava ao meio-dia. Eu saquei o movimento e passei a acordar de madrugada. Ia para a sacada do quarto de camisola, e ficava ali até o Jorge passar. Agora, depois da infância em que não percebemos muita coisa, eu entendia que o Jorge era um homem negro. Ele saía de bermuda, chinelo, casaco e gorro. Da varanda, eu gritava um psiu. Ele me olhava, sorria incrédulo.

— Vai dormir, Carolina.

Eu esperava na praia, com o biquíni ligeiramente enfiado na bunda e uma revista *Capricho* na mão. Ele chegava sem camisa, com o sal seco na pele, o cabelo de quatro ou cinco dedos que me enlouquecia. Jorge passava por mim descarregando o barco, me olhava de relance, não parava para falar comigo. Isso aconteceu por dias naquele dezembro. De segunda a sábado.

Aos domingos, eu o via sair. Sabia que ia encontrar a turma da pesca, o pessoal que trabalhava nas casas, a galera de Búzios. Um dia tomei coragem e o segui. Ele andou até a marina, fui atrás. Fiquei escondida e o vi numa roda de samba, que pouco depois virou funk. As meninas de short curtinho, bem mais gostosas do que eu era na época. Fiquei espiando de longe por um tempão, ele embaçado pela fumaça das carrocinhas. Bebia cerveja de garrafa, com muita propriedade.

Então começou a tocar Claudinho e Buchecha e veio uma garota rebolar perto do Jorge. Quando percebi, eu já estava ao seu lado.

— Oi.

— Carol?

Tentei pegar um gole do seu copo, ele desviou.

— Qual é, Jorge? Só vim curtir um pouco.

— A dona Tereza sabe que você tá aqui?

— Sei lá, acho que não. Tô cansada de ficar em casa, não custava nada você me trazer.

— Porra, Carolina.

Ele me segurou pelo braço.

— Vambora.

— Qual é, Jorge? Parece que você nem me conhece, mal fala comigo.

Ele não se deu ao trabalho de responder, fomos caminhando.

— O que foi que eu fiz?

— Você não fez nada — respondeu finalmente.

— Então, pô.

Jorge parecia procurar as palavras, enquanto a música diminuía com os nossos passos.

— Sei lá, Carolina. Eu agora trabalho com meu tio, tô ocupado.

Entramos na Rua das Pedras, eu olhava para o chão, tentava não escorregar com o tênis de sola lisa. Jorge segurou a minha mão para me escorar.

— Eu sou o filho do caseiro da sua casa. Seus amigos vão chegar nas férias e aí você vai jogar videogame com eles.

Aos poucos ele deixava a raiva ir embora. A gente caminhava mais devagar, minha barriga borbulhava, e eu tinha vontade de não largar nunca mais a mão do Jorge.

— Eu detesto videogame. Prefiro conversar com você. Conta aí, tem um tempão que... o que você fez no verão passado?

— Nada. Pesquei, ajudei o meu pai a reformar a casa da dona Tereza.

Ele não entendeu a minha brincadeira, ninguém em Búzios ia ao cinema. Entramos na rua de casa e nos afastamos.

— E o Deco?

Jorge fechou o rosto.

— Por que você perguntou dele?

— Sei lá, por que ele era seu melhor amigo, estava sempre lá em casa e de repente sumiu.

— Ele se meteu numas coisas, mas isso não é papo pra você.

— Qual é, Jorge?

— Carolina, você tem catorze anos.

Eu ri, sozinha. Ele me olhou, curioso.

— O que foi?

— Você agora me chama de Carolina, é engraçado.

— Por que, não é seu nome?

— É, mas você sempre me chamou de Carol. Carolina parece adulto, só minha mãe e minha avó me chamam assim.

Jorge virou o rosto para baixo, tímido.

— É, acho que eu fiquei meio adulto mesmo — respirou um tempo. — Pobre tem que crescer rápido.

Andamos mais um pouco. Chegamos à casa da vó Tereza, que recebia convidados naquele fim de semana. Era hora da sesta pós-almoço, ninguém aparentemente percebera que eu tinha saído. A casa dormia. Olhei para o Jorge e para o sol que começava a se pôr.

— Bora dar um mergulho? — Eu o empurrei com o ombro.

Jorge sorriu, tirou a camisa e correu pro mar. Fui atrás dele, tirei a roupa e deixei ver o biquíni de lacinho que não saía do meu corpo nos meses de Búzios.

Naquela água, voltamos a ser nós. Entre um mergulho e outro, nós dois. Despertos, submersos, inquietos. Comecei a contar meus dramas sobre a Ana e a Luiza, que ora acordavam querendo me ver, ora não queriam mais. E agora as duas tinham brigado por conta do Antônio e eu tinha que me dividir no recreio. Ele me olhava e falava na maior tranquilidade:

— Fala sério, manda elas se resolverem. Você não tem nada com isso.

E aí ele me perguntou da minha mãe.

— Trabalhando, como sempre.

— Ela não para, né?

— Parece que está num projeto com o Grupo Rubi, conhece?

— Ah, todo mundo ouve esse nome o tempo todo.

— Não sei nem se ela vem para o Natal.

Ele quis saber dos meus planos de debutante, para o ano seguinte. Eu disse que não tinha vontade de comemorar, embora minha mãe insistisse.

— Sei lá, parece que é mais pra ela do que pra mim.

— É, eu sei, tô ligado.

Veio uma marola e a mão do Jorge roçou pela minha coxa. De dentro d'água, senti um calafrio. Ficamos em silêncio, deixando o céu anoitecer o que sentíamos.

— Melhor a gente ir, daqui a pouco a dona Tereza aparece, não queria que ela visse a gente aqui.

Saímos da água, corremos para buscar as toalhas no cesto que ficava perto da piscina. Peguei uma e joguei outra para ele. Eu me sequei, enrolei meu corpo e entrei em casa. Da janela, vi que Jorge não desdobrou a toalha dele, só a apalpou na pele e a deixou imaculadamente dobrada no cesto.

Entrou na casa do caseiro.

Nossas castas estabelecidas, nossos lugares de moradia, nossas classes, nossas cores. Tudo que sempre me foi muito natural num instante começou a não fazer sentido. Uma realidade que só agora eu conseguia traduzir.

Saí correndo para fora e gritei o nome dele, com urgência. Jorge voltou, preocupado que eu não gritasse de novo.

— Bora dar outro mergulho amanhã?

Ele topou.

E assim eu trazia aquele cara, devagarinho, para as minhas águas. Para sempre.

Conheci o Raul quando o Global foi contratado para assessorar uma subsidiária do grupo Rubi. Era um trabalho complexo, que meu time elaborou por meses junto à equipe da empresa. A Rubi era uma construtora de abrangência multinacional, talvez a maior do país. Todos falavam no diretor-presidente com muita deferência.

Eu lia sobre o Raul em revistas e matérias de jornais. Na época, no ano 2000, ele tinha trinta e nove e eu, trinta e um. Discreto, volta e meia era visto nas colunas sociais ou em fotos de *paparazzi*. Ele mantinha um ar de mistério quando aparecia nos camarotes do carnaval de Salvador, ou nas férias na fazenda da família, perto de Itacaré. Pela imprensa, era um homem rico, forte, reservado, inteligente. Os jornalistas descreviam um solteiro convicto, apreciador do esporte.

Eu vinha me preparando para a apresentação do projeto ao conselho da Rubi. O fim de 2000 se aproximava, eles precisavam vender a empresa ainda naquele ano, a tempo do fechamento do balanço.

Na noite anterior, cheguei em casa, dei um beijo em Carolina, que já dormia. Revisei os números, separei o terninho adequado, fiz um chá de camomila. Vesti o pijama, liguei a TV do quarto, passava O *advogado do Diabo*. "Vaidade, definitivamente o meu pecado favorito."

Acordei bem cedo com a voz do Al Pacino na cabeça. Deixei o terninho de lado, fechei o zíper do vestido justo, escolhi um blazer, passei duas camadas a mais de rímel.

Era impensável que aqueles homens tão importantes para o Brasil se deslocassem ao banco. Fui até eles. A sala de reuniões da Rubi era como a dos filmes, com paredes de madeira e uma mesa de vários metros. Além do Raul e seus asseclas, lá estava o dr. Fonseca, sentado embaixo de uma foto enorme do falecido pai dele, fundador da Rubi. A construtora havia crescido exponencialmente na segunda e, agora, terceira geração.

Raul não me cumprimentou, sentou na cabeceira oposta à do pai. Não era tão alto quanto eu imaginava, mas me impressionou com a pontualidade, o terno bem cortado, a barba feita. Um homem à prova de rasuras. Ele falava baixo, não me olhava diretamente, não se intimidava no meio dos engravatados com mais experiência.

Passamos longas horas iluminados pelo retroprojetor. Os demais diretores argumentavam comigo. Precisávamos chegar a um número final, um preço, e cabia a mim dizer que a empresa não valia o que eles cravavam. Eu arfava dentro do tubinho preto. Os executivos davam voltas para chegar a um número maior, enquanto eu explicava os fatos, a matemática, os argumentos lógicos.

Raul passou o tempo todo calado. No fim, depois de me ouvir traçar o mesmo caminho pela enésima vez, ele me interrompeu:

— Desculpa, como é mesmo o seu nome?
— Alice.

— Alice de quê?

— Celeste Alcântara.

Falei baixinho, eu tinha vergonha do Celeste, mas não conseguia abrir mão dele. Fazia parte de quem eu era, da minha história. E me lembrava que meu pai me chamava de Céuzinho.

— Alcântara? Como a Tereza Alcântara?

— Sim, é minha mãe.

Raul arregalou a sobrancelha.

— Filha de artista? Ora, ora... escondendo o jogo.

Não respondi. A sala continuou em silêncio, na espera de que eu dissesse alguma coisa. Qualquer coisa, doida, como andava aquele papo. Eu pensava no Caetano Veloso, na Tereza, pensava que eu não usava o termo "papo" e em tudo mais que não me era útil pensar ali.

Raul, agora, não parava de me encarar. Como se todas as horas anteriores que ele passou sem me olhar tivessem sido economizadas para aquele momento, para ele não desviar os olhos de mim até que eu berrasse algo pelo aterro ou desterro.

— Não achei que fosse relevante mencionar o trabalho da minha mãe, assim como o senhor não mencionaria o seu pai, se ele não estivesse sentado do outro lado da mesa.

Assim que respondi, senti um amargo na boca. Alisei o jacarandá sem saber se falava algo mais, se pedia desculpas, ou se tentava abrir uma nesga do meu vestido, para respirar melhor. A mesa permaneceu quieta, todos acompanhavam um jogo de tênis e a bola quicava do lado do Raul.

Ele olhou para o dr. Fonseca, na outra ponta, buscando cumplicidade ou pelo menos um aval para o que ia dizer.

Depois eu descobriria que ele sempre tinha a chancela do pai. Os dois eram reflexo, fluxo, continuidade. Raul reclinou a cadeira de couro:

— Muito bem, dra. Alice Celeste Alcântara. Acho que todos já entenderam seus cálculos, exaustivamente explicados. Agora, para essa parceria dar certo, você precisa entender a nossa cultura. Ninguém pergunta para a sua mãe por que um quadro dela custa cem ou duzentos mil reais, pergunta? Por que você quer me dizer o valor pelo qual eu tenho que anunciar a minha empresa? A gente quer vender por esse preço. Acabou, *that's it*. Você pensa no que vai dizer ao outro lado, e volta para uma próxima reunião. Combinado?

Eu poderia me sentir ofendida se não tivesse ficado admirada. A fala dele mexeu comigo. *Mexe qualquer coisa dentro doida...* O maxilar quadrado, a frieza, o porte. A tal segurança, que eu sentia com meu pai, com o Paulo, e andava perdida, flanando pelos ares, de repente foi pousar ali, naquela sala, com grandes asas rubras.

O caderno de Tereza e Carolina

Ninguém me ensinou que eu tinha que me contrair para colher minhas flores.

Precisei de prática e paciência.

O mundo ficou bem mais fácil depois que aprendi.

Vendemos a subsidiária da Rubi pelo exato preço que Raul e seu pai queriam. Fiz homens ricos, mais ricos. O dito de que o rio corre para o mar poderia ser lapidado em pedra rasa, meus clientes me ensinavam. Aquele semestre, o banco me pagaria um grande bônus, talvez o maior que eu já tenha recebido. E todos seríamos felizes, passar bem.

Concluída a operação, a diretoria do grupo ofereceu um coquetel para a minha equipe num salão no último andar do prédio da Rubi. O edifício, todo envidraçado, tinha vista para o Aterro do Flamengo. Participei de inúmeras reuniões ali, e não tinha me atentado para a janela. Os meses de trabalho estenderam um enorme tecido preto pelas paredes e, agora, os vidros abriam as cores do Rio, do Raul.

Eu me permitia ver e gostava de ser vista. Escolhi um vestido vermelho sem os blazers que costumava usar nas reuniões. Salto, batom, meia-calça, *scarpin*, o meu cabelo Chanel. Perfume.

A Rubi era generosa nas comemorações, aprendi isso cedo. Serviam um *champagne* rigorosamente gelado.

Raul chegou depois de duas horas de recepção. Cumprimentou os outros diretores, depois a mim e a minha equipe, protocolarmente. Logo se cercou de seu *entourage*, com um ar de que estava tudo mais ou menos, de que podiam ter preparado canapés melhores. A expressão seguinte já revelava que o ovo de codorna estava de bom tamanho para a gente.

O dr. Fonseca pouco depois foi embora, era a deixa para que nós, convidados, também nos retirássemos. Fui atrás da última taça no bar do salão. Uma pequena celebração particular pela maior vitória da minha carreira.

Alguém encostou ao meu lado sem alardes. Não olhei para conferir, mas, pelo cheiro, pela firmeza do passo, percebi que era ele. Minha mão suava, tive medo de derrubar a taça.

— Você achava que não conseguiríamos vender por esse preço, não é?

— Tive minhas dúvidas, de fato.

Eu temia que a conversa acabasse, não queria desperdiçar aqueles minutos.

— Mas esse é o meu trabalho.

— Qual?

— Duvidar, argumentar...

— Tirar a gente da água quentinha.

— Não acho que cheguei a fazer isso.

— Não se subestime, dra. Alice Celeste.

— É curioso ouvir alguém me chamar de doutora.

— Você tem doutorado, afinal.

Fiquei em silêncio, não entendi se era uma afirmação ou uma pergunta.

— Mestrado em Columbia, doutorado na PUC.

Raul não mostrou surpresa, mas eu estranhei.

— O quê? A doutora chega aqui, cheia de argumentos, dizendo que tenho que vender minha empresa por um terço a menos do que quero, e achou que eu não fosse pesquisar sobre a sua pessoa?

Eu corei. A vida me preparou para o trabalho. Apresentações, liderança, equipe. Para essas paqueras eu era uma inútil, tinha gastado todo o meu talento com o Paulo, em outra vida, e nunca me recuperei do resultado.

— Não sei, você parece tão ocupado.

— Quem quer alguma coisa acha tempo.

Raul falou isso ajeitando o paletó e tive a ligeira impressão de que ele olhava para as minhas pernas.

— Está com fome? — me perguntou, propondo uma intimidade que estávamos longe de ter.

— Não.

— Nem um tiquinho? Estou morto de fome. Me faz companhia?

Não lembro se cheguei a responder. Raul mandou que eu o encontrasse em cinco minutos, no térreo. Não era adequado sairmos juntos logo após o fechamento de uma operação daquele tamanho.

Esperei na portaria. Ele apareceu, apontou para o carro preto estacionado na calçada, com um motorista e um segurança no banco do carona.

Raul não me perguntou onde eu queria ir, o que gostava de comer, nem trocou nenhuma palavra com os homens à nossa frente. O carro andou e nos levou a um restaurante no Leme pelo qual eu já havia passado muitas vezes no caminho para o trabalho.

Raul cumprimentou o *maître*, que nos direcionou até a mesa mais reservada do lugar. Ainda assim, as poucas pessoas em volta nos olhavam. Eu era a mulher que, naquela noite, acompanhava o Raul Fonseca.

Não me recordo a ordem do que falamos, nem de quanto tempo durou. Só lembro que ele tinha um jeito de me tocar dois segundos a mais que o necessário enquanto conversávamos. Não que ele precisasse, de todo, me tocar; mas eu gostava. Interrompíamos um ao outro com avidez de falar. Ele sobre seus esportes, eu sobre os livros que gostava de ler. Raul não tinha medo de ser direto, perguntava o que queria. Um lado meu gostava, o outro se sentia numa entrevista de emprego.

Entrei na onda, contei que tive uma infância lúdica, real, com gosto, cheiro. Raul me olhava intrigado. Ele foi criança na Bahia, com muito espaço e distância dos pais. Ao contrário de mim, Raul se aproximou do dr. Fonseca já adulto, quando a ambição os uniu. Ouvindo-o falar, eu pensava que comigo tinha sido o oposto. O Opala me afastou do meu pai. Da minha mãe eu talvez nunca tenha sido próxima, por mais que a tivesse ao lado.

— Como é ser filha de uma artista com um intelectual? — Ele me puxava dos devaneios com um gole de vinho.

— Confuso, bem confuso.

Raul ria da minha sinceridade, parecia gostar de respostas rápidas, como as dele. Éramos duas pessoas sagazes. Eu estranhava nossa falta de freios. Quanto mais Raul era direto comigo, mais eu tinha vontade de ser afiada com ele. Naquela noite, nós começamos a faiscar, e parecia que nunca praríamos.

Ele gostava das minhas referências culturais, de quem foi criança em Paris e jovem em Nova York.

— Podíamos ter nos encontrado, estudei em Yale uns anos antes.

Não, não podíamos ter nos encontrado mais cedo. Estávamos, nós dois, onde deveríamos estar.

Raul contou duas ou três histórias de menino na Bahia, com subidas em coqueiros, resgate de passarinho, construção de jangada no dia de Iemanjá. Era bonito de ouvir. Tinha sal na fala. Eu gostava da sua brasilidade, me encantava com o sotaque que ele tentava esconder, e só transparecia quando Raul recostava na cadeira, mais relaxado, à medida que acabávamos com a garrafa de *merlot*.

Até que, sem que eu esperasse, ele fez a pergunta:

— Quem é o pai da tua filha?

Certeiro, eu aprenderia mais tarde que era o seu costume. Dessa vez, pensei antes:

— Um canalha.

Ele não expôs reação, me olhou fixo.

— Um otário, eu diria.

Raul esperou que eu desse algum contexto àquela história, de uma mulher há pouco chegada na casa dos trinta, com uma filha adolescente. Eu criei coragem e continuei.

— Ele se chama Paulo Reis. É um cara aqui do Rio, mecenas das artes, frequentava a casa da minha mãe. Eu era muito nova...

Raul segurou minha mão.

— Tudo bem, não precisa falar mais. A vida é pra frente.

Eu suspirei, recolhi minha história. Dobrei em pedacinhos, guardei na bolsa. Olhando para o Raul, bebi um gole e desejei. A vida poderia ser mesmo para frente.

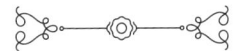

Eu morava na fazenda dos meus pais quando sonhei pela primeira vez que representava o Brasil na Biennale Arte. Eu era criança, não me sabia pintora, mas entendia de desejos. Veneza navegava em minhas veias desde outras órbitas.

Por dois anos batemos na trave, a derrota é um lance que frustra a gente. Eu pedia ao Pedro, meu galerista, que lutasse, insistisse, fizesse toda a política que meu anseio exigia. Ele retrucava, política não se faz sozinho, era importante eu circular, mostrar a cara em eventos, jantares. Aí eu travava, pensava que nem tinha tanta vontade assim, aliás eu não fazia a menor ideia do que inventaria se um dia chegasse lá.

Era uma bobagem, uma vaidade, nada a ver com a figura da minha artista. Tive que abdicar de uma penca de vida para colocar a carroça na estrada. O caminho criativo é uma pedreira, a gente começa num lugar, vai cavucando na procura de si, na busca pelo instante. O tempo inteiro. Até que a gente acha uma linha e se pendura nela feito uma trapezista. Não tem rede embaixo, a linha é fina.

Ser artista é arrancar a casca da ferida. Não é para os fracos, muito menos para os vaidosos.

Eis que, quando eu já tinha desistido, um pouco antes da virada do milênio, Pedro me liga.

— O trabalho do escultor maranhense que iria a Veneza ano que vem não ficará pronto a tempo, foi jogado para outra ocasião. Eles gostaram do nosso projeto, consegue produzir em seis meses?

Eu nem me lembrava do tal projeto, tinha escrito um bando de baboseira uns anos antes. Palavras ao vento, sem sentido, que podiam levar a qualquer manifestação de arte. Não tinha planta, nem croqui, nem desenho. A banca seletiva deve ter acreditado que era assim mesmo porque, afinal, minha arte era pura abstração.

Desliguei o telefone com a certeza de que a vida é um irritante emaranhado de euforias; que tudo acontece na hora que sei lá quem quer. Por um capricho do destino, eu iria realizar meu sonho no primeiro ano dos novos mil, uma cereja cor de sangue no meu bolo de glacê.

Desde aquela noite em que jantamos, Raul passou a me telefonar, cada hora de um lugar diferente. Suas semanas eram preenchidas por viagens ao interior, muitas idas a Brasília e às locações dos empreendimentos. Pontes, viadutos, estádios, usinas. Tinha ainda as provas de maratona, os eventos sociais de fim de ano.

Eu me apaixonava por sua atenção, pelos minutos que aquele homem importante dedicava só para mim. Ele me ligava ao fim do expediente, ou de jantares de negócios, e eu gostava de imaginá-lo desfazendo o nó da gravata, pendurando o terno italiano no armário do quarto de hotel. Às vezes, Raul me telefonava de manhã, quando saía da esteira. Ele colocava o celular na boca da caixa de som, que, dependendo do dia, cantava indie rock ou hip hop. *You are my butterfly, sugar baby.*

Ouvindo aquele homem, eu esquecia do poder, do dinheiro e era levada pela voz suave e contínua, um canto de Netuno. Há tempos eu não encontrava alguém com esse dom de desviar o meu norte, sem graves ou agudos.

Veio Natal, o réveillon com planos estabelecidos, a insistência da Tereza de que virássemos o milênio juntas, as três em Búzios, forjando a família feliz que não éramos.

Do Raul, vieram presentes, flores, cartões, e nada mais, além da promessa de janeiro.

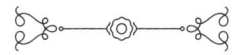

Pedro me telefonou.

— O Raul Fonseca me pediu para ver suas obras.

— Legal.

— Vou levar amanhã ao apartamento dele, na Delfim Moreira. Ele chegou de uma semana de esqui e parece que já vai viajar de novo.

— Sei.

— Você não gostaria de ir comigo?

— Eu?

— Sim.

— Não, Pedro, não quero não.

— Tereza...

— Você perguntou, bicho. Estou sendo sincera. Você sabe que eu detesto sair para vender quadro.

Detestar é pouco. Se dependesse de mim, meus quadros ficariam eternamente nas paredes do atelier. E as esculturas, pelos cantos da Joana Angélica. Eu gostava de ter a minha arte reconhecida, mas tinha ojeriza a vendê-la. A venda era atrelada a uma espécie de chancela, que não me importava.

Alice dizia que uma mulher tem que saber o valor do seu trabalho. Carolina falava que tinha orgulho de mim, que os pais das amiguinhas queriam me conhecer. Eu as deixava tagarelarem sozinhas e continuava fechada no meu atelier. O ego é um bicho-papão.

Fora do Brasil esse lance não pegava para mim. Eu tinha exposto bastante na Europa e num ou outro museu dos Estados Unidos. Lá eu ficava mais à vontade, porque a arte era só arte. Podiam gostar ou não, era algo que eu tinha criado. No Brasil, eu não transava bem o que vinha junto. Porque a exposição estava ligada ao dinheiro. Eu tinha dificuldades de dar um preço e receber. Arte, para mim, era salvação e não moeda. O papel de apresentar a conta cabia ao Pedro, mas eu não suportava conviver com os olhares de barganha, as curiosidades sobre quanto eu teria no banco.

Há alguns anos dinheiro não era problema para mim. Só que eu já não sabia mais o que tinha vindo dos meus quadros e o que era herança dos meus velhos. Nunca fui organizada com as contas, sobrevivi assim. Há certas falhas de personalidade que a gente tem que aceitar para continuar vivendo.

Meus pais morreram com dois meses de diferença. Costuma acontecer com os casais que vivem mais juntos que separados, que não lembram como era a vida sem o outro. Volta e meia penso em por que não morri depois do Francisco. Não que eu quisesse. Agradeço ao Deus com quem converso esporadicamente que meu fim não tenha acontecido. Só acho estranho, não sei de onde tirei forças para ficar viva. Talvez da pintura, da loucura. Talvez da Alice. O fato é que vivi, apesar de ter morrido um pouquinho naquele março de 1980. A Tereza que existia emburacou junto com o meu Francisco; uma nova surgiu, mais loucona, menos dona de casa. Descasquei minha pele todinha, não sobrou nada do que sonhei.

Quando meu velho morreu, preparei a casa para receber a mamãe. Seria um resgate, ela na beira dos noventa. Os idosos são todos parecidos, não fazem jus ao que foram. As cores vão se esvaindo do corpo, empalidecendo feito uma aquarela velha. Mamãe viria morar comigo, Carolina me ajudaria. Alice estava no banco, mas até que poderia coordenar horários, quadros de remédios, ela era boa nisso. Daria certo, mas não deu tempo.

Mamãe pegou uma pneumonia no hospital onde o papai morreu e ficou por lá também. Partiu ali, no mesmo lugar que ele. É esquisito perder pai e mãe, dá uma sensação de que não tem ninguém em cima da gente, de que eu vou ser a próxima a ir embora.

Lamentei não ter tido a chance de me despedir da minha mãe, teria sido doce. Eu teria feito bolo de milho, que ela gostava. No dia que mamãe morreu de pneumonia, eu parei de fumar. Joguei tudo pela privada, os cinzeiros quebrei no chão numa cerimônia só minha. *Mazel tov!* Carolina me deu uns adesivos que ajudaram nos primeiros anos.

Nunca mais teve cigarro na minha casa. E nunca mais faltou bolo de milho.

Vieram então os advogados, corretores, cartórios. Mandei que vendessem tudo, não quis ir nem ver. Àquela altura, eu não aguentaria esmiuçar outra despedida. Eu ainda queria viver. O tchau não faz ninguém mudar de ideia e voltar.

Pedi que trouxessem para o Rio algumas coisas de que eu lembrava. Um grande Volpi, o Di Cavalcanti que eu os ajudei a escolher, um jogo de copos verde esmeralda, de vidro mesmo, talhados de tinta dourada, que minha mãe usava para servir Guaraná Antártica às visitas. Por muitos anos, depois que me mudei para o Rio, fui visita naquela fazenda. Ao todo, fui bem mais visita que permanência, tomei muito Guaraná Antártica.

Pedro insistiu.

— Não, bicho, esquece. Estou indo para Búzios, deixei Carolzinha lá com a Rosa e o Ademar, vim ao Rio só fazer uns pagamentos no banco.

— Por favor, Tereza, ele deixou bem claro que quer te conhecer. Disse que é amigo da sua filha.

Uma luz piscou.

— Tá bom, eu vou.

— Vai?

— Vou, ué.

Desde o episódio com o verme pai da Carolina, uma parte de mim nunca deixou de achar que eu falhei com a Alice. Fui mãe e não vigiei, eu deveria ter enxergado o rastro pegajoso.

Então, quando um homem mandou dizer que era amigo da minha filha e que queria me conhecer, claro que fui.

Achei por bem não contar a ela, intuição de mãe.

Às vezes, ela ainda me vinha.

O caderno de Tereza e Carolina

Uma vez pensei em ser lésbica. Mas o gosto doce nunca me animou a ir em frente.

A cobertura de frente para a praia quase não tinha paredes. Nem plantas, ou fotografias. Janela, concreto, mármore, cimento queimado. Muito cinza, branco, a cor entrava pelo mar, o apartamento era, inteiro, um adorno para o oceano. A escada não tinha corrimão, e tudo parecia milimetricamente ornado por um arquiteto dos modernos. Minha arte mesclaria bem ali, eu ainda era contemporânea, afinal de contas.

Eram dez da manhã, cedo para mim, não importava a época da vida. Fazia o calor de janeiro, as janelas abertas traziam a maresia gelada, quem sabe à prova de suores. O sujeito nos recebeu com sorriso, calça social, cinto da cor do mocassim. A camisa ele não devia ter usado nem duas vezes.

Eu lamentei não ter vestido o conjunto novo, de linho. Toda vez que eu comprava um troço e não usava na hora, me arrependia. A vida já tinha me ensinado a não esperar, a não ter medo de gastar roupa, sapato, vinho, abraço.

Não foi o caso ali, eu só não tinha gastado tempo suficiente me preparando para aquele encontro. Vesti calça jeans e camisa estampada. Quando aquele homem apareceu, corri para me certificar de que não estava com poças debaixo do braço.

Pedro nos apresentou.

— Tereza, é um prazer conhecê-la. Sou um grande admirador de sua obra.

Agradeci com um firme aperto de mão, tentando disfarçar minha falta de jeito. Nem eu me reconhecia, artista internacional, professora, quatrocentona. Há momentos na vida em que, não importam nossos predicados, só nos resta blefar.

O tal do Raul era um homem culto, preparado, conversava com facilidade. Enquanto ele me perguntava sobre meu processo criativo, minha história, eu reparava, um a um, nos meus alunos pendurados. Beatriz, Luiz, Adriana. Todos ali, meus pupilos. Ocupavam as paredes de mais um milionário colecionador. Lugar onde mereciam estar, e onde eu também, afinal, ficaria bem.

Raul teceu elogios consistentes às duas obras que Pedro tinha levado. Um quadro de minúsculas esferas simétricas cor-de-rosa sob um fundo prateado, da minha série Challenger, e uma escultura cinética mais recente, onde linhas se mexiam por cima de círculos.

— Essa tem o título de *Mundos*, mas talvez hoje eu chamaria de *Máquina de moer gente*.

Raul deu uma risada.

— Tem a ver com o meu trabalho, gostei. Posso contar isso à sua filha?

Fiz uma cara de curiosa, deixei que falasse mais.

— O Pedro não te contou? Sou amigo da Alice.

— Eu te falei, Tereza, lembra?

— Ah sim, vagamente. Minha cabeça já não é mais a de vocês, meninos.

Menti, minha cabeça era ótima. Melhor que a dos dois. Só achei que, pela Alice, valeria a pena fazer a *blasé* e ver aonde aquilo nos levaria.

— A gente se conheceu trabalhando. Ela invocou com um número e não arredava pé. Tinhosa, né? Gosto de gente assim.

— Puxou a mãe.

— Tenho certeza.

Conversamos mais um tempo, Raul me pediu sugestões de onde colocar as obras.

— Eu gostaria de ficar perto dos meus alunos.

Contei a ele sobre os anos 1980, tudo que vivemos juntos. Aonde levei meus estudantes e por onde eles me levaram.

— Eles me ajudaram a me salvar, sabe? Você já viveu um luto?

— Não.

— Você é muito novo ainda.

Raul nos serviu um suco de abacaxi com hortelã, depois café, e parecia que a gente ficaria ali por horas, mas quando deu onze em ponto alguém o chamou. Delicadamente, ele se despediu e nos convidou a sair.

Esperamos o elevador naquela conversa mole.

Quando chegou, Pedro entrou. Eu apertei o térreo, fechei a porta de metal e deixei ele descer sozinho.

— Nossa, que distraída eu... a idade está me deixando atrapalhada.

Raul riu, balbuciou qualquer gentileza em negativa. Ele esperou que o elevador voltasse enquanto conversávamos sobre o calor.

Quando chegou, Raul abriu a porta para mim.

— Foi um prazer te conhecer, Tereza.

Eu segurei o seu braço.

— Lembra o que te falei do luto? A minha Alice já passou por alguns, de mortos e vivos. Tem gente que a gente mata em vida mesmo, sabe como é, né? Queria te contar isso sobre a minha filha. Só para garantir as suas delicadezas.

Raul então me olhou nos olhos.

— Dona Tereza, a senhora pode ter certeza de todas elas.

Carolina me telefonou no meio da tarde. Eu verificava cinco planilhas enquanto orientava o meu time, três bancadas adiante.

— Mãe, eu fiquei com o Jorge! O Jorge!

— Quem é Jorge?

— O Jorge, mãe!

— O filho da Rosa e do Ademar?

Murchei a voz, ela percebeu. Eu precisava ser rápida, não podia demonstrar meu desespero. Pensei no que Tereza e sua cabeça aberta diriam e repeti, pausadamente, engolindo o espanto sílaba por sílaba:

— Que legal, foi uma experiência boa?

— Foi maravilhoso, acho que estou apaixonada.

Sentei na minha mesa, bebi um gole d'água.

— Que bom, minha filha.

— Não quero voltar para o Rio, quero ficar mais um tempo aqui em Búzios, mãe. Só tenho dois dias de aula antes do Carnaval, todo mundo só aparece na escola depois mesmo...

— Carol, você sabe que eu não gosto que você perca aula, daqui a pouco você volta para Búzios, com suas amigas, no Carnaval.

— Mas, mãe, por favor, só essa vez.

— Eu te ligo à noite.

Bati o telefone, com pressa em tirar aquela conversa da minha frente. Era tão raro Carolina me ligar para contar o que quer que fosse, eu não queria que ela perdesse a confiança em mim. Ao mesmo tempo, preferia não fazer alarde sobre um namorico com o filho do caseiro, quem sabe ela esquecia.

Pensei por alguns segundos em por que ela escolheu, da infinidade de episódios do seu cotidiano que não me contava, me relatar justo aquele. O Jorge agora era pescador, tinha dezoito anos. Levava uma vida de adulto, não era mais o menino que chamávamos para brincar com a Carolzinha. O melhor amigo dele tinha sido preso por tráfico, eu e Tereza sabíamos, e por isso insistimos — em vão — para que o Jorge fizesse faculdade.

O que Carolina iria aprender com aquele rapaz? Ela era virgem, estudava numa escola católica. Eu não queria que minha filha arruinasse tudo por uma paixão infantil, por um sujeito solto na vida, que devia entender de sexo e maconha.

Senti taquicardia e vi minha história se repetir, ali, bem na minha frente. Um filme no *drive-in* onde sempre pedi ao Paulo para me levar, e ele nunca cedeu, com medo de que alguém nos visse.

Fiz, então, o que jamais imaginei. Liguei para a Tereza, contei o que tinha acabado de se passar.

— O Jorge, é?

— Sim.

Ela ficou muda do outro lado da linha. Claramente não era a notícia que queria escutar. Tereza estava preocupada, tanto quanto eu, era perceptível.

— Não tem jeito, Alice, vamos ter que deixar a Carol experimentar isso.

— Não é possível, você não viveu a mesma história que eu.

— Vivi, acho que até mais que você, se pensar bem. Mas a Carolina não é a mãe dela, Alice. E você também não é a sua mãe. Você vai conversar com ela, levar no médico quando for a hora. E, enquanto isso, eu vou ter uma palavrinha com a Rosa e o Ademar.

— Só?

— Só, filha.

— A gente vai deixar ela engravidar de um pescador?

— Alice, ela não vai engravidar. E para com essa conversa preconceituosa e cafona. O Jorge é um bom menino, cresceu lá em casa. A gente conhece ele, conhece o pai e a mãe dele. Você, aos dezessete anos, engravidou de um verme, casado, e tá aí, ó, viva. Carolina é uma menina linda, saudável, inteligente que vai namorar um rapaz preto e pobre. Qual é o problema?

Não respondi. Apertei o telefone no ouvido e me arrependi da ligação. Tereza tinha um prazer sádico em discordar de mim, com aquele ar professoral, especialista em dar lições.

— Agora dá licença, Alice, que eu preciso voltar para minha escultura. Estava no meio de um encaixe de vidros, vou demorar um tempo enorme para me concentrar de novo.

Em volta, no banco, dezenas de pessoas me chamavam. Tive vontade de estilhaçar os vidros da Tereza, pisar em cada caco com meu salto agulha. Tive vontade de lembrar à minha mãe quem eu era, com o que eu trabalhava, mas minha voz falhou. Eu só bati o telefone, mais uma vez, com pressa para desligar mais rápido do que ela.

Deixei o entorno me chamar em vão e olhei estática para o meu computador. Mastigava cada frase da Tereza, ruminando as respostas que eu poderia ter cuspido.

Qual era o problema? Qual era, afinal, o meu problema?

O caderno de Tereza e Carolina

Honre sua jornada, celebre, mas aprenda a aceitar que tudo passa. O tempo transforma.

Meu caminho foi de água, madeira, resina, metal, arame, plástico, motores. Cinetismo é movimento. Às vezes, uma parte de mim queria escolher um ano e me reter ali, numa fase da vida, num ponto sem reta. O impossível é uma droga fascinante.

Foi num daqueles mergulhos que a gente se beijou. Na verdade, eu beijei o Jorge, e ele retribuiu. E então eu entendi que ele gostava de mim, porque quem não gosta não beija daquele jeito.

Eu já tinha ficado com uns garotos antes, todos da minha idade. O Jorge tinha mãos de dezoito anos. Seu corpo carregava o cheiro das ruas de Búzios, dos sambas, da liberdade. Eu gostava de saber que seu dedo era calejado.

Ele tinha receio de que alguém descobrisse a gente. Mesmo assim, logo no primeiro dia eu liguei para a minha mãe e contei. Não sei por que fiz isso. Uma parte de mim queria mostrar a ela que eu tinha crescido, que podíamos conversar sobre tudo. Eu agora era uma mulher que ficava com um cara mais velho, um pescador.

Ainda não sei como consegui convencer a mamãe de que eu não precisava voltar ao Rio para ter só dois dias de aula. Talvez, no fundo, ela quisesse um tempo para ela, eu sabia que ela tinha conhecido alguém. Uma filha saca essas coisas. Vó Tereza estava em Búzios a maior parte do verão, poderia cuidar de mim. Quando me ligou para dizer que tudo bem eu matar a escola, mamãe me perguntou se precisava me levar ao médico. Aquilo me assustou.

— Não, mãe, eu só tenho catorze anos...

Talvez, afinal de contas, eu não tivesse crescido tanto assim.

Todo fim de tarde eu mergulhava com o Jorge, cada vez para mais longe da casa. A gente se beijava com gosto, toque, pressão. Jorge ditava o ritmo, eu sentia que, às vezes, ele me largava para voltar ao controle.

Não demorou para o carnaval vir, e Ana e Luiza chegarem. Uma galera do colégio, por coincidência, ia se hospedar nas casas próximas. Antes de tudo com o Jorge acontecer, eu estava ansiosa por aquele feriado. Agora, eu só queria apresentar o Jorge para elas, orgulhosa do que vivia.

Ele ficou cabreiro, não queria que minhas amigas soubessem de nós dois.

— Melhor deixar quieto, depois a gente vai vendo.

Eu não saquei na hora, achei tudo uma besteira, fiquei até meio triste.

Quando as meninas chegaram, eu apresentei o Jorge do jeito que ele pediu, sem predicados nem vocativos.

— Ana, Luiza, esse é o Jorge.

Ana logo apontou a mala.

— Você pega para mim?

Pediram a ele toalha limpa, roupa de cama e sabonete. Eu não entendia onde aquilo tinha começado. Se tinha a ver com não ter me referido ao Jorge como amigo, se era porque elas sabiam que ele era filho do caseiro ou só porque o Jorge era preto.

Assim que ficamos sozinhas, eu disparei.

— Meninas, o Jorge e eu...

As duas me olharam, empolgadíssimas. Nenhuma delas acusou a mancada de terem pedido cobertor e xampu para ele.

— Como é beijar um negão? — Ana mordia os lábios.

— Sei lá, acho que é que nem beijar um branco.

— Dizem que eles têm mais pegada.

— E pau grande.

As duas gargalharam. Eu também ri, um pouco constrangida, um pouco sem querer constrangê-las.

— Não tem nenhum negro na nossa escola, nem os filhos dos inspetores.

Ouvindo as meninas, eu comecei a esfregar meus braços, minhas pernas, com a sensação de que estavam sujos, e tive saudade do Jorge, que estava logo ali, na casa ao lado. Sem entender o que acontecia, eu preferia não ter contado a elas.

Desejei, na hora, que Ana e Luiza fossem embora, me arrependi de ter planejado aqueles dias. Quis voltar a sermos só nós dois, nos mergulhos, e vó Tereza da janela. Eu queria aquela verdade nossa, de mar e beijo. E só.

Precisei de poucos minutos com minhas amigas para entender que seria difícil carregar o Jorge para o meu mundo. Agora nem eu sabia se queria voltar para o antes.

Uns dias depois, eu, Ana e Luiza chamamos o Igor e o João para vir jogar War. Eles estavam hospedados três casas adiante e as meninas tinham uma quedinha por eles. Convidei o Jorge para jogar com a gente.

— Que cor você quer de exército? Preto? — alguém perguntou para ele.

Demorei uns dias com aquela frase na cabeça, até cair a ficha. Os peões do Jorge tinham que ser os pretos porque tudo o que eles viam no Jorge era a cor da pele. Eu enxergava a pele, o cabelo, os braços e tanto mais... eu precisava me controlar para não me pendurar na sua língua.

Igor e João eram primos. Tinham acabado de voltar de Courchevel, contavam que naquele ano aprenderam o *snowboard*, muito mais radical que esqui.

— Você surfa, Jorge?

— Às vezes.

— Você ia se dar bem no snow.

Eu atirava os dados com força. Era óbvio que o Jorge não iria esquiar tão cedo. Eu encostava a minha perna na dele enquanto protegia seus exércitos. Queria que ele soubesse que eu era sua, que ele não estava sozinho.

— Eu nunca esquiei — interrompi o martírio.

— Fala sério, Carol, com esse casarão aqui? Por quê?

— Não sei, minha mãe nunca foi de férias, e minha avó nunca foi da neve.

Jorge remanejava seus pinos em silêncio. Pensei um pouco e continuei.

— Pra ser sincera, nem Paris eu conheço. — Olhei para o Jorge com orgulho, eu era mais parecida com ele do que ele imaginava.

— Por que não?

— Sei lá, não rolou. Minha mãe nasceu em Paris, meus avós moraram lá, mas não aconteceu da gente ir junto.

Fingi não dar importância, tive vontade de lembrar ao João que a maioria dos habitantes do planeta não conhece Paris. Ao mesmo tempo, uma pontinha de mim sentiu vergonha da pouca bagagem. Eu detestava ser tão contraditória. Complicada e perfeitinha, adorava quando o Jorge cantava a música no meu ouvido.

O tempo custou a passar, ninguém conseguiu ganhar o jogo. Os meninos não paravam de falar numa festa que ia rolar aquela noite na boate nova. A gente tinha carteira falsa para entrar e estávamos bebericando o Malibu que a vó Tereza passava regulando sem dizer que regulava.

O ingresso era caro, eu sabia que o Jorge não teria como ir.

— Boa festa para vocês, pessoal. Amanhã eu trabalho cedo.

— Sério? Com o quê?

— Eu pesco.

— Que demais, a gente pode ir um dia? — Igor perguntou, na certa imaginando um veleiro.

— Não dá, cara, o barco é pequeno, não dá para levar muito peso porque a gente traz os peixes.

Os dois olharam para baixo, desolados. Vovó dizia que crianças mimadas não são acostumadas a ouvir negativas. Nesse instante, eu podia pegar com a mão os quatro anos a mais que o Jorge tinha. E também seu chinelo gasto, sua rede de pesca.

— E fora que a gente sai bem cedo... — ele tentou consolá-los.

— Que horas?

— Quatro, cinco da manhã, depende da maré.

— Tá doido? Tô fora, só se fosse virado!

Os dois riram, vitoriosos. Conferiram o cabelo liso no espelho, ajeitaram o zíper da calça Diesel. Eu senti meu desdém na garganta, um refluxo azedo.

— Quer saber? Vou ficar também. Estou com sono, vão vocês, meninas.

Ana e Luiza franziram a testa para mim, em recriminação. Queriam que eu fosse à boate, para não deixar tão evidente que elas estavam a fim dos garotos. Para mim, todo aquele mundinho delas ficou minúsculo de uma hora para a outra.

— Vão lá, vai ser legal.

Elas concordaram, um pouco contrariadas, mas ainda animadas para o que a festa poderia reservar.

Quando todo mundo saiu, eu me joguei nos braços do Jorge. A gente se beijou sem pressa, compensando as últimas horas que passamos separados.

Saímos para dar uma volta na areia, de mãos dadas, embaixo da lua. Eu não queria estar em qualquer outra noite.

— Esse lance de você não ter ido foi errado.

— Foi?

— Você tem que viver suas coisas.

— Que coisas?

— Suas coisas de menina rica de catorze anos.

— E se eu não quiser?

— Você vai se arrepender depois.

— Qual é, Jorge?

Ele riu e me abraçou mais forte.

— Não que eu não tenha gostado de você não ter ido, só tô falando.

Eu o beijei. Gostei de ele ter dito que tinha gostado que eu não fui. Beijar o Jorge era a grande verdade da minha vida, e jamais eu iria me arrepender de ser fiel a mim mesma. Eu não precisava de neve, nem de avião, nem de boate. Tudo o que eu queria estava bem ali, com a mão enfiada no bolso de trás do meu short jeans.

— Jorge, o dia que você quiser me pedir em namoro, eu vou aceitar.

Ele sorriu para mim. Seus dentes tinham um ligeiro acavalado, bem na frente. Ele nunca tinha usado um aparelho para consertar.

— Fala sério, Carol, ninguém pede mais ninguém em namoro.

— Mas eu nunca namorei, sei lá, achei que não fosse para mim. Mas você eu namoraria. Tô só te contando.

Jorge me abraçou, eu ficava miúda no meio dele.

— Então, tá, namorada.

Ficamos um tempo em silêncio, bem juntos embaixo da lua. Jorge suspirou lá de cima:

— Carolina, Carolina... que confusão que vai ser isso.

Naquele instante, fechei os olhos, ouvi o barulho das ondas misturado ao pulmão do Jorge, indo e vindo. Meu coração interferia, pulsava forte. Tive que me controlar para não chorar, porque ele ia achar muito estranho. Eu gostava tanto do Jorge, há tanto tempo, que a minha vida começava de novo ali.

— Vou te levar para jantar nesse fim de semana.

Fiz uma escova no salão. Saí de vestido novo, salto, frio no estômago. Era estranho pensar que finalmente eu veria o Raul depois da nossa temporada de "relacionamento" à distância. O carro preto parou na porta do prédio. Caminhei apressada, não queria transparecer a ansiedade.

O motorista saltou, abriu a porta de trás. Não havia ninguém.

— O senhor vai pegar o Raul? — perguntei intrigada.

— O dr. Raul só pediu que eu buscasse a senhora.

Eu me irritei com a resposta inconclusiva, resolvi não perguntar mais. Grudei na janela, deixei vir o mal-estar. Uma nuvem me incomodava, nela vinham a falta de tempo, a terceirização da gentileza, o mistério que no início me atraía.

O Rio passava pelo vidro enquanto eu chupava o drops da rejeição. A Lagoa e seus pedalinhos, o Jardim Botânico, as palmeiras imperiais, o sabor de menta.

Entramos no túnel. Imaginei onde jantaria com o Raul depois do Rebouças. Não fazia nenhum sentido, ele não era o tipo que explorava os bares de Benfica, nem os restaurantes tradicionais da Tijuca. Temi um sequestro, exigi explicações do motorista.

— A senhora vai me complicar, por favor, só mais um pouco de paciência.

Eu não poderia adivinhar que o carro me levaria até o aeroporto do Galeão, que eu encontraria o Raul dentro de um jato. Muito menos que de lá decolaríamos para Nova York. Eu nunca tinha entrado num jato, teria passado a minha vida toda assim, se não fosse a discórdia sobre um número.

— Quero conhecer essa Nova York aí da sua época de faculdade. — Da poltrona, ele me entregou uma taça de *champagne*. Seco e geladíssimo.

Confessou que pediu ajuda a Tereza. Ela passou no meu apartamento, separou passaporte, casaco e uma pequena sacola com roupas. Agora eu temia as cores que sairiam lá de dentro.

Eu devia ter suspeitado quando o Raul me contou, umas semanas antes, sobre as novas obras da minha mãe em sua parede. Ele fez graça, disse ter corrigido um erro histórico de sua coleção. Não dei bola, mas devia ter desconfiado das consequências. Todos gostavam da Tereza Alcântara, ela era uma unanimidade, era só não ser sua filha que dava tudo certo.

A ironia é que uma fatia minha gostou de ser ajudada pela Tereza, de sentir que ela torcia por mim, de saber que eu flertava com alguém que, tacitamente, minha mãe chancelava. Estar de acordo com a Tereza me trazia paz. Sua aprovação me confortava, mais do que eu gostava de admitir.

A família Fonseca tinha um apartamento no Upper East Side, de frente para o Central Park. O endereço passava longe da Nova York universitária que eu tinha experimentado.

Eu encostava o rosto no vidro da janela, observava as copas das árvores cobertas de neve, aquele mar branquinho cercado por prédios, tão improvável quanto magnífico. Pensava no seleto grupo de pessoas que partilharam visão parecida, Frank Sinatra, John e Yoko, Marilyn Monroe.

— Tem certeza que você quer conhecer a carrocinha perto de Columbia? — ri de deboche.

— Mas é claro, antes do show.

— Show?

— The Strokes, um *pocket*, hoje à noite.

Era a nossa banda preferida, da pouca história que tínhamos. Dei um grito, Raul me abraçou.

— Não vai ter, assim, um jantar sofisticado, mas pode ser o nosso jeito de viver. — Beijou o meu pescoço, me esquentou.

A vista mais cara de Nova York e a comida de rua. Fizemos essa mistura naquele fim de semana. E também misturamos nossos sons, gostos, caminhos.

Ali eu entendi que, quando o Raul visitava o meu corpo, ele me preenchia um vazio que eu não conhecia, nem sabia existir por tanto tempo e nem ser tão profundo. Na vida a gente se acostuma com a ausência.

E, de tão acostumada a viver sem pai nem mãe, sem afeto nem paixão, eu duvidava de cada pedaço que eu mordia. Tinha medo de que acabasse. Iria acabar, eu tinha certeza, na próxima esquina, quando eu escorregasse no gelo da calçada e batesse a cabeça no meio-fio. Então eu engolia o que podia, não sem medo de engasgar. Eu mastigava o prazer, a irresponsabilidade, a entrega.

Pela primeira vez em quinze anos, não pensei no Paulo por dois dias inteiros.

Cheguei a Veneza dez dias antes da inauguração da Bienal. O contêiner com meu material não atrasou, minha equipe estava pronta para trabalhar e eu podia ouvir a felicidade do Pedro, quando me telefonava. Em poucos dias meu galerista, meu grande amigo, estaria comigo, para a gente brindar ao sucesso, ao sonho, ao trabalho, ao destino, ao incontrolável.

Minha obra era uma chuva de círculos, a maior parte cor de prata, entrelaçados um ao outro, do teto ao chão. Uma grande cortina que ocuparia todo o salão, por onde o público poderia circular, cobrir-se ou deixar-se ver.

Os aros eram incontáveis, infinitos. Eu jamais saberia contar infinitos, mas, se um dia aprendesse, enumeraria meus círculos, meus inícios e finais, meus recomeços. Desenharia uma linha no ponto onde eu acabava e onde começava Alice, e tentaria ainda entender em que esfera surgia Carolina.

Se eu soubesse contar infinitos, traçaria uma reta para a estrela até onde essa história nos levaria. Grandiosa, macia, brilhante. Nela poderíamos enfim nos jogar e descansar de mãos dadas. Que dom admirável e difícil é o viver.

Que bom que eu não sabia contar, que bom que a vida ainda podia me trazer surpresas e desvios de rota, que eram a própria rota, e que me levavam a Veneza, onde meu ofício era pendurar a chuva de círculos que refletiria um punhado de tantos, descortinaria belezas, covardias, sem-vergonhices.

Quis aparafusar o primeiro e o último fio de todos. Se não tivesse exigido esse detalhe, não seria eu.

Então, quando eu tinha os dois braços no alto, percebi que não estava só. Depois de muitos anos, eu voltava a senti-lo. O cheiro, a força, o fundamento. Ele estava embaixo de mim, segurava a escada. Senti que era ele, só podia ser o meu Francisco.

Não era.

Na verdade, meu Francisco estava lá, no fim da sala, encostado na parede preta, com calça clara e a camisa listrada de botão, aquela que ele costumava usar quando nos conhecemos, a bichinha não parava no armário do quarto da república.

Meu Francisco olhava para mim, com um meio-sorriso. Firme, ele assentia.

Quem segurava a minha escada, só então eu vi, era Umberto.

Parece febre. O corpo arde e treme de frio. Aos cinquenta e sete, eu não estava preparada. Umberto é italiano, mora nos Estados Unidos. Tem uns fios de cabelo grisalhos, olhos azuis, roupa bacana e quinze anos a menos que eu.

Trabalha com festivais de música, roda o mundo levando sua marca de shows embaixo do braço. Eu nem sabia que show tinha marca, isso não é da minha época, mas tento disfarçar. Ele tem uma segunda empresa que organiza outros eventos, como a Bienal de Veneza. Foi assim que nos encontramos e, desde então, flanamos por pontes e canais, na cidade mais romântica do mundo — ele me diz em inglês com seu irresistível sotaque.

Passeamos de gôndola ao som de "Senza Fine" e eu continuo ouvindo o piano quando saio do barco, pelas ruas, aos beijos de gelato.

Fazia tempo que eu não beijava. Tive meus lances depois que Francisco se foi, nada sério. Ali nos meus saraus, volta e meia eu beliscava uma boca. Vez ou outra uma transa, duas, não passava disso. Tudo mais do mesmo; tentei também mulheres, não fui adiante. Talvez eu não estivesse pronta, Francisco tinha construído um relicário no meu íntimo, com cristais e porta-retrato.

Deixar alguém entrar era assumir o risco de essa pessoa também ir embora. Eu não sabia se suportaria que alguém mais partisse. Não tinha mais força para me despedir, as bordas do meu coração estavam esgarçadas, quase rotas.

Só que aquele rapaz apareceu segurando a minha escada, num instante em que eu estava terrivelmente feliz, como há muito não era. E ele era bonito demais, a minha alegria me pediu inconsequências. Eu caminhava com Umberto enquanto perguntava, sem perceber que em voz alta, o que ele queria comigo.

— As piores aventuras — ele respondia.

Tomamos sorvete e depois um aperitivo, uma massa, um licor. Umberto não parava de falar. Ele conhecia arte contemporânea, destrinchava em detalhes as minhas séries. Eu não entendia como alguém que não era do meu país, nem da minha geração, podia saber de mim daquele jeito.

— Você não tem dimensão do seu tamanho, Tereza. Por vezes acontece, conheço alguns artistas com esse problema. Está na hora de mudar isso.

Umberto falava com uma sabedoria maior que a minha, ele parecia meu tutor, meu mentor, só que usava bermuda e tênis. Carregava um rádio para se comunicar com sua equipe, que ele deixava apitar, baixinho, enquanto vagava comigo por Veneza.

Quando terminamos o licor, ele aumentou o volume.

— Vou precisar voltar para a montagem, resolver umas coisas por lá.

Eu estava completamente bêbada, demorei a perceber que não tinha a resistência de antes. Onde eu estava que não me vi envelhecer? Trabalhando, enlouquecendo, cuidando da Carolina, tentando fazer com que Alice me amasse.

Eu não tinha resistência nem nada a perder. Se nunca devi a ninguém, não seria naquela noite. Então eu fui junto com Umberto.

Imaginei os galpões da Bienal vazios, o Arsenale esperando por nós dois, uma viagem pela arte, por minhas criações, pelos olhos claros do Umberto no meu decote aberto um botão a mais. Uma madrugada de ecos, acompanhada daquele rapaz vivido, educado, que tentava a todo o custo esconder o berço de onde vinha. Não adiantava, transparecia na escolha do vinho, nas falas sobre os colegas de Brown, na mania de não deixar que eu me levantasse sozinha da mesa.

Cruzei o portão de entrada com a mão agarrada na dele, derretida pela atmosfera que me pedia arroubos de verão.

Antes que eu me desse conta, um séquito de pessoas o rodeava, já passava das dez. Devagarinho fui entendendo o tamanho daquele menino. Ele falava com decisão, dava broncas, abraços, risadas. Nunca tinha ouvido um riso gostoso feito o dele. E foi ali, no meio da confusão, que eu tive vontade de trepar com o Umberto. Fazia anos que eu não sentia aquele calor.

Os minutos passavam, minhas pernas reclamavam exaustas. O garoto estava a mil. Fiz então o que a Tereza dos anos 1980 faria. Chamei ele num canto, tirei da bolsa a chave do meu quarto de hotel e disse que ele poderia aparecer quando acabasse. Sem pensar, livre feito outros tempos, do jeito que minha essência pedia. Minha essência andava adormecida, mas agora arfava e tudo que eu queria era despertar.

Umberto pegou a chave e cobriu minha mão com a sua. Olhou para mim com a tranquilidade do seu azul, teria me olhado da mesma forma se eu o tivesse convidado para um café no quiosque. Chegou o corpo bem perto do meu, para eu sentir o que precisava. A boca no ouvido, sem que ninguém notasse. O sopro quente:

— *Ciao*, Tereza.

Virou-se e continuou suas ordens. Senti um lampejo de adrenalina e dei as costas, acordada e disposta. Ele não era um garoto, só eu o enxergava assim. Ao contrário, era um homem à vontade no seu desejo, mais habituado com aquele tipo de fortuito do que eu.

Caminhei até o hotel por uma Veneza agora mais escura; eu sentia frio e carência, um incômodo, ou mesmo tristeza diante da naturalidade com que Umberto encarou a minha oferta. Experimentava, por outro lado, uma excitação por algo que estava prestes a acontecer, algo que, do auge das minhas rosas, eu nunca tinha feito. Não daquele jeito, não com alguém tão jovem.

Cheguei ao quarto, tomei um banho, esperei. Adormeci.

Umberto veio pouco depois das três, as batidas na porta pareciam um sonho, demorei para acordar.

Abri uma fresta sonolenta, ele percebeu.

— Está tarde? Quer que eu vá embora?

— Não — puxei-o para mim.

Eu realmente não queria perdê-lo de vista.

— Que bom, fiquei na dúvida se deveria vir, pelo horário, mas eu precisava te ver. Não quis usar a chave para não te assustar.

Ele afundou o rosto no meu cangote, respirou fundo lá da sua altura. Eu olhava para cima e pensava na ironia de ser agarrada por um rapaz mais novo e debruçar-me para alcançá-lo. A garota cheia de água na boca tinha voltado.

Umberto me beijou sem cerimônia. Subiu devagar a mão pela minha camiseta dos Stones.

E então, num instante, interrompeu tudo. Eu latejava.

— Preciso de um banho, estou imundo da montagem.

Gargalhamos. Mostrei para ele o banheiro, e deitei-me para esperá-lo. Uns pensamentos zonzos se intrometeram. Temi que ele não tivesse gostado da textura da minha pele, deveria estar habituado a modelos de vinte e poucos, europeias, bronzeadas, cheias de viço. Eu tinha uma neta que ia completar quinze anos. O que estava fazendo ali? Permitia que um desconhecido convidasse meus fantasmas para dançar em alta madrugada. Por que me submetia àquela tortura, que era também um deleite? Que prazer eu buscava? Eu não tinha mais idade para voleios.

Enquanto esfolava minha culpa, cochilei de novo.

Senti o Umberto se deitar ao meu lado, perfumado de banho, o corpo ainda cheio de vapor. Percebi os seus olhos fecharem. Quando Umberto dormiu, abraçado comigo, entendi que nossas curvas se encaixavam também em carinho e isso, debaixo das camadas do meu sono, me estremeceu.

No dia seguinte, ele me acordou com um vento na orelha, dedilhava meu pescoço. Fez questão de abrir um pouco a cortina. Começou a me beijar sem pressa, coisa de quem tem a vida pela frente. Arrancou minha camiseta e me olhou com gosto. Ele estava inteiro ali comigo. Seu toque firme acordava a minha pele. Não deixei de ser vaidosa, mas há tempos, há grandes tempos, eu não me considerava desejável.

Derramei as águas que ainda tinha. Eu não sabia.

O caderno de Tereza e Carolina

Uma vez escutei de uma amiga que eu tinha chegado ao fundo do poço por ter ficado com um babaca da escola.

Anos mais tarde, ouvi de outra que eu devia levar para a análise a minha mania de ver um pai em qualquer homem.

Queria ter crescido num mundo em que as mulheres não se diagnosticassem tanto.

Ela tinha jeito para desenho e a cabeça avoada. Minha Carolina gostava de música, de cores. Alice queria que ela estudasse para ser advogada. Quando chegava da escola, Carol me ajudava com as esculturas enquanto desenhava bonecas. Gostava de tocar os materiais com seus dedos de corda de violão.

Não é todo mundo que sente um barato com texturas, eu tentava convencer Alice a deixar Carolina ser quem era.

— É difícil ganhar a vida como artista, mãe.

— Te faltou alguma coisa?

— Precisa de sorte, de talento...

— Ela tem, eu sei.

— Você é suspeita para falar.

— A Carol é boa com as mãos, Alice. Ela vem me ajudando nas esculturas, está no sangue da menina, no que ela viveu.

— A Carolina tem todas as possibilidades, mãe. Estuda num bom colégio, não é a melhor aluna, mas naquela escola até os medianos passam nas federais.

— Se é para ser infeliz, de que adianta federal?

— Por que você quer tanto que ela se pareça com você?

Eu voltava para os pincéis, mergulhava as cerdas no roxo, banhava as lâminas de madeira. Sozinhas eram pouco. Juntas, lado a lado, espelhariam a mágica do cinetismo. Eu respirava a cada pincelada. Alice ficou por ali, olhava sem elogiar, não era da sua natureza falar bem da mãe.

— Filha, eu não quero forçar nada, só presto atenção na Carolina. Ela gosta de desenhar vestidos. O que a menina vai fazer com isso, aí é com o tempo, você pergunta pra ela depois.

— Eu tenho passado muito tempo com a Carol, mãe. Ela nem desenha tão bem assim. Você tem viajado bastante, eu estou mais perto dela. Aliás, ela tem dormido aqui na sua casa quando você não está, precisamos rever isso, qualquer dia ela traz aquele garoto aqui...

— Pronto, agora trouxe o material de trabalho de que você mais gosta, né, Alice? A culpa. Eu fiz muito pela minha neta. Nunca te cobrei presença. Quando arrumo um primeiro namorado desde que seu pai morreu, há vinte e um anos...

Parei de falar, mergulhei mais fundo o pincel na cor.

— Quer saber, não vou gastar meu cuspe com essa discussão de merda. A Carol é responsável, Alice. Você já devia saber disso. Não acho que seja o caso, mas, se ela quiser transar, deixa ela. Se eu quero transar, me deixa. Atura a felicidade da tua filha e da tua mãe, sei que é difícil.

— Você pensava o mesmo de mim, que eu era responsável, e olha no que deu.

— Foi tão ruim assim? Pensa bem, quem criou essa menina? Você ou eu?

No mesmo instante, eu me arrependo da pergunta. Há momentos em que bastariam alguns segundos de borracha. Em poucos séculos saberemos voltar o tempo, rebobinar o infinito.

Por ora, só me resta o pesar.

O caderno de Tereza e Carolina
Conte menos calorias e mais páginas. Banhos de mar, flores frescas e notas musicais são bem-vindas.

Perto do meu aniversário de quinze anos, mamãe quis a todo custo me dar uma festa. Propôs vários temas, Anos 1920, Mil e uma noites, até o DJ Marlboro ela me ofereceu. Mamãe queria mostrar ao meu pai que tínhamos vencido, ou, pelo menos, que naquele baile venceríamos.

Acontece que eu não queria uma festa, a moda de dançar valsa não era para mim. Eu namorava o Jorge, e minha mãe já tinha me alertado, de maneiras mais ou menos sutis, que era inapropriado que o meu namorado fosse o meu príncipe. Mas ele era.

Eu não queria obrigar o Jorge a gastar dinheiro com um terno, e não sabia como dar um a ele de presente sem que isso parecesse ofensivo. E como eu dançaria com outro garoto? Era tudo tão esquisito já para a gente nas rodinhas de Búzios, em volta do tabuleiro de War, que dirá numa festa cheia de mauricinhos.

Talvez, no fundo, eu também não me sentisse parte. Um convite com letra dourada não me traria outra procedência, não faria de mim alguém que eu não era. Eu, a bastarda, não cabia na casta do vestido branco.

Sempre achei essa história de cerimônia superestimada. Festa, protocolo, obrigação de ser feliz. É curioso que eu tenha acabado fazendo o que faço, embalando sonhos de rito de passagem. Algo me diz que é justamente pelo meu ganha-pão que eu não posso acreditar nessa fábula. Talvez o ceticismo seja necessário para que eu venda o tecido importado, a sobressaia.

Nos meus quinze anos, comecei a entender que a felicidade é uma música tirada no violão, uma tarde no atelier da minha avó, um livro de que me lembro tempos depois, uma conversa que nunca esqueci. O que eu queria de presente era um momento especial para passar mais tempo com a minha mãe e a vó Tereza. Eu, a pessoa que detesta rituais, criei o meu.

O destino só podia ser Paris, a cidade que eu não conhecia, e que dizia tanto sobre elas. Eu não poderia me tornar uma mulher sem conhecer o passado das que me antecederam. Bela contradição para a menina que não curte ritos de passagem, mas, como a mamãe diz, a vida é cheia de hipocrisias, melhor aceitá-las.

O caderno de Tereza e Carolina

Vamos parar com essa história melada de que só se pode amar uma vez. Balela. O amor nada mais é do que mergulhar no outro e encontrar a si mesmo. Uma versão mais parruda, colorida, cheirosa. Vinicius dizia: "que seja eterno enquanto dure". Eu digo: que dure quanto tiver que durar.

Eu amei dois na vida. Tive o privilégio de ser correspondida. Rita Lee tinha razão, amor é sorte. Meu Francisco morreu, e lá fui eu de novo, décadas depois. Um lance diferente, gostoso, com libido e mão dada. Se amar é encontrar a si mesmo, que a gente possa se encontrar. Uma vez, eternamente, ou muitas e muitas, até furar a última camada de alma.

Eu, minha mãe e minha filha caminhamos por Paris. Carolina faz quinze anos, mas nunca tinha visitado o bairro onde os avós viveram apaixonados, a cidade onde nasci.

Ando pelas ruas e penso no que poderia ter sido, no futuro que me fora usurpado. O Brasil roubou meu pai de mim. Poderíamos ter continuado na França. Eu teria feito o ginásio, terminado a escola, estudado na Sciences Po. Meu pai não teria sido esmagado pelo Opala. Hoje voltamos a Paris, trago Carolina, mas não trago papai. Já se passaram vinte e um anos desde aquela manhã, e não há um dia que eu não pense nele.

Tereza brada que sentirei falta dela em sua morte, que um dia valorizarei os vivos. Talvez ela tenha razão, talvez seja por isso que a parte generosa de mim a convidou para essa viagem. Paris, na minha memória, é a *viennoise au chocolat* da Place d'Italie, o carrossel das Tuileries aos domingos e a longa viagem de metrô para chegar até lá. Tenho trinta e dois anos, como dizer que minha vida recomeça toda vez que o passado me atropela?

Caminhamos pelo boulevard Saint Germain, e minha mãe para em frente a uma loja de pôsteres perto da estação Solferino. Eu peço que esperem, atravesso a rua atrás de uma banca. Quero mandar um postal ao Raul, uma mensagem do daqui e do agora, da cena que vejo: afetos emoldurados pela *art déco* e barrigas cheias de açúcar. Ninguém envia mais postais hoje em dia, mas ainda assim eu os procuro. Há tanto que nunca deixarei de procurar.

Vejo meu pai e seu rosto jovem no corpo de um homem que caminha pelo boulevard. Por alguns segundos, eu me confundo.

Observo, de longe, minha filha e minha mãe. Tereza fala alto, divaga sobre Francisco e sua adoração por aquela loja de pôsteres. Fala de tudo que ele gostava: objetos antigos, sebos da beira do Sena, os cafés de Abbesses onde ouvia declamação de poesia. Enquanto ouço Tereza, percebo que o amor não se foi, ela só tentou camuflá-lo. Fico feliz de ver meu pai honrado em suas lembranças. Queria que ela tivesse dividido conversas assim comigo, que não tivesse escondido de mim a sua tristeza. Poderíamos, juntas, ter sentido o cheiro das camisas, lembrado o jeito que ele dançava, as citações do Drummond. Teria sido uma falta mais verdadeira, mais digna do que separar a dor de cada uma em sua caixa.

Meu pai realmente adorava aquela loja, conhecia os atendentes pelos turnos. Gastávamos bons minutos por lá e saíamos de mãos vazias, era tudo tão caro. Depois de um tempo, os vendedores pararam de se importar. Francisco era sedutor. Ele gostava do antigo; não pela faceta dos anos acumulados, mas pelos sentimentos que os objetos guardavam. Coisa de poeta.

Tereza fala alto, consigo ouvi-la do outro lado da rua. Carolina escuta minha mãe com olhos fascinados. O assunto já é outro. Tereza tem a habilidade de mergulhar tão fácil no sentimento e sair dele ilesa. Transita pelas emoções com desprendimento, deixando-se encher e esvaziar. A sua pele não queima.

Minha mãe aponta para os prédios, a arquitetura, a estação de metrô, o cachorrinho que passeia na coleira. Há logo um comentário, um ensinamento. Sempre achei esse comportamento dela insuportável, um desejo onipotente de querer saber sobre tudo, de ser professora de Deus. Carolina parece não se importar e ouve com atenção. Criei uma menina meiga. Meiga e carente. De pai, de avô e um pouco de mãe, devo reconhecer. E agora me pergunto se fui eu que a criei ou se foi mesmo a Tereza. Não chego a me culpar — era o que dava.

Penso no Paulo; seria bom também mandar um postal para ele. Queria que visse aonde chegamos, essa menina que ele rejeitou, essa mulher que ele escolheu não amar — e não sei quando falo de mim ou da minha filha. Choro duas lágrimas de raiva e me recomponho.

Tereza e Carolina já estão dentro da loja, atravesso a rua e me junto a elas. Minha mãe gesticula, as grossas pulseiras harmonizam sua fala, o perfume âmbar se mistura ao cheiro de cigarro que sua roupa ainda guarda, ela diz que parou de fumar.

Eu sou tão diferente dela. Vejo as francesas na rua e penso que esse meu corpo alto, magro, meio sem forma, meio com jeito de varapau, eu herdei do lugar onde nasci. As francesas têm uma elegância nata, que por toda a vida eu tentei forjar.

Desde os meus dezessete anos, eu me vesti como se fosse sair na rua e encontrar o Paulo. Todos os dias. Não me lembro de um único dia que minha motivação tenha sido outra. Mesmo em Nova York, eu achava que ele poderia estar de férias, a trabalho, ou que finalmente teria vindo atrás de mim.

Quando conheci o Raul, a minha saudade do Paulo foi diminuindo, minguando, até que, por ora, acabou. Foi de imediato tomada pelo ímpeto de vingança, que também já existia em mim. A urgência de que ele me veja e se arrependa. Eu me visto a cada dia na esperança de amargurá-lo.

Carolina olha para Tereza com um sorriso largo, acha graça da avó que eu lhe dei. Onde foi que perdi o fio da meada? O que tanto eu deixei escapar dela nesses quinze anos? A raiva volta a me engasgar. Raiva do Paulo, da Carolina, da Tereza, do meu pai que quis voltar para aquela merda de Brasil. Do meu pai que atravessou a rua com pressa e me deixou sozinha, aos onze anos, com a lunática da Tereza que acredita em OVNIs. Da lunática da Tereza que, mesmo acreditando em OVNIs, ganhou da minha filha o amor que eu nunca tive.

Num segundo, pego um pôster, digo a Tereza e Carolina para escolherem também. Elas se calam, num fim de festa. Tereza elege um cartaz da escola Bauhaus e Carolina um da Air France, em que o avião passa por cima do Cristo Redentor. O meu é uma publicidade de Monte Carlo. Pago com gosto, feliz por acabar com a dissertação carnavalesca da Tereza. Feliz de trazer as rédeas para mim, uma vez que seja.

Em silêncio agradeço, não sei bem a qual instância, pelo meu trabalho, pelo Raul, por ter trinta e dois anos e poder comprar três pôsteres caros em moeda estrangeira.

Vingo meu pai, tenho ainda vontade de comprar todos os pôsteres. E tudo mais que ele quis da vida.

O caderno de Tereza e Carolina

Tentei fumar maconha para ser mais doidona, mas não suportava ver o teto rodando.

O pedido de demissão que eu tinha apresentado ao Global ainda mexia comigo. Minha engrenagem se movia com o trabalho, era um desafio não planejar. Eu perguntava ao Raul sobre o cargo que teria no Grupo Rubi, ele respondia que logo veríamos, que eu não me preocupasse, meu coração merecia um descanso.

Eu poderia mesmo lançar mão de um vácuo, fazia tempo que eu buscava a independência. Agora, eu tinha juntado um bom dinheiro, que rendia no banco desde que as minhas contas passaram a ser pagas pelos Fonseca.

Eu podia, então, usufruir, embebedar-me de mar no sofá do Raul. Eu andava exausta daqueles anos no Global, queria passar o bastão do controle. Entre as obras de arte do Raul, enquanto lia "A menor mulher do mundo" e imaginava a voz de Clarice Lispector, entendi que o mercado financeiro me afogou.

As mínimas horas de sono, as broncas, a convicção de que eu e as poucas outras economistas tínhamos que nos esforçar mais, nos destacar mais, porque, afinal, éramos mulheres. Essa cultura assumida e propagada a ponto de eu repetir o mesmo discurso, sem nenhum dó, para as estagiárias que entrevistava. A certeza de que uma contratação feminina só seria aprovada se a candidata fosse indiscutivelmente bonita. A fala acelerada, as ligações inquisitivas no viva-voz, feitas para causar taquicardia, as alternâncias de humor avisadas pelos corredores, as ofensas inesperadas, os gritos.

O dia começava e terminava com gritos. A lágrima era disfarçada de coceira no olho, e a cabine do banheiro virava o último refúgio.

Eu não me dava conta de nada disso enquanto precisava estar lá. Mas foi só o Raul me dar um anel e propor uma rota de fuga que eu aceitei.

— Vou conversar com o meu pai, a gente tem uma área especial, parecida com a de Relações Institucionais, acho que você vai gostar. Vai poder comandar alguns eventos, você leva jeito para isso.

Devagarinho, me sentia acolhida naquela família. Eu era parte de algo maior, anterior a mim. O pertencimento é um tesouro que brilha tanto quanto o perigo.

Eu imaginava o Paulo ouvindo meu nome nas rodas de conversa, abrindo o jornal de manhã e me vendo não só casada com o Raul Fonseca, mas também diretora da área de Relações Especiais do Grupo Rubi.

A vida era, enfim, generosa.

Eu tentava retribuir ao Raul com o amor que podia dar. Aos poucos o conhecia e entendia suas amarras. Eu via em Raul o preenchimento do que Tereza me acusava de buscar em Carolina. Então eu entendia. A suposta perfeição era, mais do que natureza, necessidade. Mais do que essência, vontade de agradar.

De madrugada, quando o despertador tocava, eu puxava o Raul para a cama e dizia que ele não precisava sair tão cedo para correr, estava tudo bem se ele não fosse o

Super-Homem. Eu o amava, o pai dele também, e ninguém o tiraria do lugar que ele ocupava.

Essas últimas frases eu não dizia, tentava deixar subentendido. Raul não me dava ouvidos. Pelo seu abraço demorado, já vestido dos aparatos esportivos, eu percebia que ele agradecia minha preocupação. É injusta a habilidade de se ver com tanta clareza as vulnerabilidades do outro, e demorar-se longos tempos para enxergar as próprias. A vida traz poucos espelhos, ou muitos, a gente só se recusa a atravessar.

Pela sola do tênis derretida no asfalto, Raul tentava expurgar a sua culpa por ser herdeiro. Esse diagnóstico banhado de clareza eu não lhe diria jamais.

Eu perseverava a cada manhã para que Raul fosse mais gentil com ele mesmo, para que se gostasse mais. Conversava com ele sobre os fotógrafos, que mal haveria em sermos clicados vez ou outra? Se antes ele só saía com estereótipos e mantinha a discrição, dali a pouco se casaria com uma mulher de carne e osso, inteligente, bem-sucedida, não haveria problema se as pessoas soubessem disso. Nós dois éramos dignos do glamour atrelado à origem do Raul. E eu merecia que Paulo me visse, vitoriosa.

Eu sentia que as fotos, as revistas, fariam bem ao meu noivo, ajudariam no entendimento de quem ele era, de como os outros o viam, independente do dr. Fonseca. Para mim, era muito simples enxergar sua força, mas eu percebia como era difícil para o Raul, nascido das entranhas do pai e do avô, enxergar seu poder.

Por outro lado, eu me deixava levar pela tradição familiar, pela supressão de vontades individuais em nome de compromissos e horários. Em prol do organismo. Era uma troca, minha com Raul, e de nós dois com o dr. Fonseca. Aos poucos, nós nos encaixávamos, cada um, em sua aresta do triângulo.

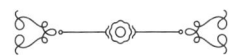

Acordo num quarto de hotel. A manhã está prestes a acabar. Acompanhei Umberto no trabalho todas as noites da última semana, e planejamos não sair das cobertas na folga do meu namorado. Namorado. É uma palavra gostosa de falar, a língua enrola, do jeito que enrosca dentro da boca do Umberto.

Terminamos mais um festival de música em algum lugar do mundo. A vida de *groupie* combina comigo. O *backstage*, as festas, os jantares com conjuntos famosos, a boa música. Ao longo das tardes, nos amamos sem pressa, com meus cabelos embrenhados na barba que ele deixa por fazer. Eu gosto. Os pelos serram a minha pele, deixam Umberto com a cara do homem que ele é, e não do moleque que eu enxergava.

Ele me puxa para mais perto, beija meu pescoço. Eu me divirto. Mais tarde, Umberto pede um sanduíche de queijo e presunto para mim, ovos mexidos e suco para a sua dieta vegetariana. O café chega, me lembro que estamos na Inglaterra, quando vejo os *scones* e a geleia.

Respiro fundo, ainda não acredito. Sinto o cheiro da madeira nas paredes. Definitivamente, estamos em Londres. O hotel é o nosso preferido, uma coincidência gostarmos do que é bom, esse rapaz combina todo comigo.

O dia passa preguiçoso entre colchas e cortinas, o mundo pode esperar. A cada hora, Umberto não me deixa esquecer que sou sua musa.

O telefone do quarto toca, não atendemos, Umberto está de folga e eu de costas. Toca de novo. E de novo. O bip dispara mensagens, o celular apita. Seus pais, seus assistentes, todos mandam que liguemos a TV.

Pessoas se jogam, a fumaça sobe. É setembro. Nova York não é a minha praia; sirene, trânsito, cheiro de gordura. Lembro que Alice há pouco estava lá, ela e Raul adoram aquela cidade. Ligo para o telefone da sua mesa, eu sei o número de cor. É dessas ironias, eu deveria dizer isso a ela da próxima vez que ela me acusar de ser uma progenitora horrível.

— Mãe, você está bem?

— Tô, filha, e você?

— Sim.

— Cadê a Carolina?

— Na escola, vou pedir que o motorista a busque e a leve para a minha casa.

Ela treme a voz.

— O que está acontecendo, mãe?

— As pessoas estão morrendo ao vivo na TV, minha filha.

Eu aperto o telefone no ouvido e escuto Alice chorar do outro lado do oceano.

— Vimos isso uma vez, em 1986. Vimos também a família da Bia chegar recém-morta, um a um, naquele réveillon de 1988. Vamos ficar bem, Alice.

— Por favor, mãe, não desliga.

Eu imagino minha filha chorando no meio dos funcionários, justo ela, sempre contida. Alice usava tão bem suas máscaras e foi ver a maquiagem craquelar justo ali, anos depois, pela fumaça da televisão. Eles enfim veriam o rosto da minha filha, desnudo por lágrimas e rímel escorrido. Eu imagino o nariz inchado, seus olhos francos. Alice chora por tantas vidas, sobretudo pela sua. Eu sei.

Tento consolá-la, enquanto o máximo que posso fazer, de longe, é não desligar o telefone. Umberto precisa tomar providências, ligar para os vizinhos na Califórnia e saber se todos estão bem. Minha Alice não consegue dizer mais, só me pede que eu continue ali.

Ficamos então as duas, unidas pelas imagens, pelo espanto. Assistimos às pessoas se atirarem das janelas.

Cai um corpo, cai uma torre, cai outra. Eu olho para o Umberto deitado ao meu lado, aterrorizado e ainda bonito. Penso em 2001, o ano que me deu tudo e tirou tanto do mundo.

Meu aniversário de quinze anos era por aqueles dias. Tanto se falava sobre debutantes, que eu esperava sentir relâmpagos. A semana era igual às outras, eu ia e voltava da escola, ajudava vó Tereza com as esculturas, saía para as aulas de violão.

No meio de uma tarde, eu dedilhava "Good Riddance" estirada no chão da vovó. O porteiro do meu prédio tocou o interfone do muro de pedras. Já tinha acontecido outras vezes, era só atravessar de uma calçada à outra para nos alcançar.

Nunca entendi como o meu avô conseguiu ser atropelado naquela rua minúscula. Quando eu tinha oito anos, perguntei à minha avó por que ela nunca se mudou dali. Devia ser horrível acordar todo dia e olhar para o lugar onde o marido tinha morrido. Vó Tereza respondeu que aquela casa, e o asfalto da Joana Angélica, eram as sobras que ela ainda guardava do vovô.

Se minha avó não se mudava, eu e mamãe permanecíamos. Todo dia dando de cara com a tragédia.

Fui ao encontro do porteiro, ele me entregou um enorme buquê de lírios.

— Chegaram para você, Carol.

Eu não ganhava flores. Logo pensei no Jorge, a gente se falava toda noite por telefone, e ele não tinha comentado nada. Eu sabia que o dinheiro dele era apertado, achei fofo que tivesse me mandado um presente.

Abri o cartão, enxerguei uma caligrafia que eu não conhecia.

"Carolina,

Parabéns pelos seus quinze anos. Que a vida lhe sorria e você enverede por caminhos de flor.

Gostaria de encontrá-la para celebrarmos essa data especial. Deixo meu número, espero seu telefonema para marcarmos.

Um beijo do seu pai."

Fechei o envelope, minha mão tremia. Eu o tinha visto poucas vezes na vida. Seu dinheiro nunca faltou, caía no dia certo, como mamãe fazia questão de dizer. Eu achava a relação em torno da pensão tão íntima, era estranho que parasse por ali. Todo mês ele pensava em nós quando depositava o cheque, e nós nele quando recebíamos. Comíamos o dinheiro do Paulo, eu me vestia das suas moedas. No entanto, não nos falávamos.

Comecei a namorar o Jorge e passei a questionar essa obsessão com custos e benefícios. *Esses casos de família e de dinheiro eu nunca entendi bem*, o disco do Belchior ainda girava na vitrola da vó Tereza, por mais que eu tivesse dado a ela o CD no último Natal. Eu deveria desconfiar, disputar com o vinil do vô Francisco era uma briga perdida.

Ver o nome do meu pai na identidade, em todos os meus documentos, me doía. Eu entregava a caderneta na escola, a carteira de estudante no cinema, e lá estava ele.

Filiação: Paulo Reis. O meu nome carregava o dele e, por mais que eu me dissesse Carolina Alcântara, sempre havia alguém para me chamar de Carolina Reis. O meu pai vinha ao meu lado, mesmo que a anos de distância.

Fazia tempo desde a última vez em que o vira, foi na minha festa de dez, ou onze anos. Mamãe sempre mandava para ele os convites, sob os protestos da vó Tereza. A espera virava um tormento, uma expectativa maior do que o aniversário em si, alimentada pelas discussões enérgicas entre as duas. Paulo viria ou não viria, ele não ousaria aparecer, ele merecia estar lá. Meu pai compareceu a poucas, sempre com o cuidado de intercalar os anos. Vinha num e deixava de vir nos dois seguintes.

Uma presença protocolar, ele me entregava a caixa do presente comprado pela secretária, era uma surpresa para nós dois o que sairia dali. Cumprimentava minha mãe, minha avó, com distância. Bebia um copo de Coca-Cola, depois outro e ia embora. Eu prestava muita atenção nos copos de plástico, se era o primeiro ou o segundo, para ter noção de dali a quanto tempo ele viraria as costas para sei lá quando voltar.

O cartão de gramatura grossa me trazia ansiedade. Tentei ignorar o convite no violão, mas minhas mãos não acertavam mais o tom do Green Day.

Vó Tereza veio me pedir ajuda numa solda. Máscara no rosto, avental, cabelos desgrenhados, as inseparáveis argolas. Ela era feminina no desaviso. Perguntou o que era o buquê, se o Jorge tinha feito uma surpresa. Não esperou que eu respondesse, e começou a explicar que se tratavam de lírios da paz. Coitadinho do Jorge, não sabia que aquele tipo de flor a gente manda para apaziguar sentimentos, feito a bandeira de cessar-fogo. Aliás, esse é o sentido de qualquer flor branca. Pobre rapaz, não sabia, se enrolou, devia ter custado uma nota...

— Foi o meu pai que mandou — interrompi.

Fiquei duas vezes irritada, primeiro por ter que lhe dizer que não tinha sido o Jorge; meu namorado não tinha dinheiro para gastar com flores, nem espaço em sua rede de pesca para pensar em presente. Também por ter percebido que eu tinha gostado que as flores viessem do meu pai, que ele não tinha esquecido do meu aniversário.

Vó Tereza pegou o envelope antes que eu deixasse ou tentasse impedir. Leu na velocidade da sua indignação.

— Teu pai. Teu pai uma ova. Lírios da paz, ele é tão pernóstico aquele babaca.

Meu queixo se contraiu, mas vovó não percebeu. Já voltava para a solda.

— Caminhos de flor, vê se pode. Se dependesse daquele verme... Agora é fácil dizer que é teu pai.

Eu não consegui mais conter o choro. Veio em soluços — vó Tereza às vezes errava a mão.

Ela me ouviu e voltou para a sala. Tirou o avental, a máscara apoiada na testa, e sentou no sofá junto comigo.

— Desculpa o mal jeito — suspirou —, Carolina, eu sei que dói. É que é ultrajante ver esse homem nunca aparecer na tua vida e de repente se intitular teu pai. Ele não merece a honra de ser teu pai. Merece menos ainda se chamar assim.

Não respondi. Só chorei mais um pouco, vagarosa, com a cabeça no colo da vó Tereza. Ela cantava. *A dor de todo esse mundo*... Não demorou para a vovó mudar o assunto, divagar sobre estrelas e OVNIs, que ela só chamava de discos voadores.

Mais tarde, em casa, mastiguei um pedaço do bolo de milho e do remorso da minha avó, e contei para a mamãe o que tinha acontecido. Ela ouviu sem nada dizer, denunciada pelas pernas bambas.

Deixou sobre a bancada da cozinha os dois laços que tinha trazido para eu experimentar; ela se casaria com o Raul dali a um mês e ainda não tinha desistido de que eu usasse um laçarote bem infantil no cabelo. Mamãe arrumou os lírios num jarro azul, que foi parar no centro da nossa sala, em cima da mesa de jantar.

— Eu acho que você deveria telefonar para ele.

Dei uma garfada no bolo.

— Eu sei que sua avó vai reclamar, Carol, mas também sei que pai a gente não tem para sempre. Se o Paulo quer saber de você, de nós, você deveria ligar.

Não tocamos mais no assunto, eu escolhi o maior laço em agradecimento.

Passei dias dedilhando a mesma música, pensando na minha mãe, na minha avó e no convite do meu pai.

E então decidi.

Ele marcou no Guimas, um restaurante na Gávea. Eu me preparei, poderia ter ido de uniforme, mas passei no banheiro da escola, vesti calça jeans e camisa social branca. Mamãe sempre dizia que, quando não sabia o que vestir, recorria a uma boa camisa branca. A minha não era boa, era a única que eu tinha. Mas o colarinho me traria o olhar da adolescente madura, que não se deslumbra com um almoço à *la carte*.

Entrei no restaurante junto das minhas mãos suadas. Ele me esperava lendo o jornal, e levantou quando me viu chegar.

Eu sentia vergonha de encará-lo por muito tempo. Quando olhava, via que seu rosto era diferente do que o que eu tinha guardado. Em minha memória, eu misturei uma ou outra fotografia roubada dos guardados da minha mãe, dois recortes de jornais e mais o rosto das antigas aparições nas festas infantis. Peguei tudo, juntei e pintei uma tela dele, só minha.

Agora, enquanto o olhava, percebia que o nariz era maior, o cabelo mais grisalho, já com menos volume. Ele era bem alto, usava um paletó claro.

Eu continuava a observar. Meus cachos não eram dele, nem meus olhos, nem minhas mãos. O que seria?

— Você gosta de pastel? Já fiz o pedido.

Talvez fosse isso. Sim, eu gostava de pastel. Ele ia conduzindo a conversa enquanto puxava o queijo da boca. Limpava com o guardanapo de pano logo em seguida, para não escorrer gordura.

— Como vai sua mãe?

— Bem. Vai se casar.

— Eu sei, eu sei. E a sua avó?

— Tá ótima também, esse ano ela representa o Brasil na Bienal de Veneza, era o sonho da vida dela.

— É mesmo um grande feito. Eu sou fã da sua avó, uma época fomos mais próximos, cheguei a vender uns quadros dela na minha galeria. Hoje em dia isso é impensável, ela ficou exclusiva do Pedro, ganhou ainda mais renome. Minha galeria é quase um *hobby*, fichinha para ela.

— Elas me contaram um pouco, mas não falam muito sobre essa época.

— Foi um período conturbado.

— O que eu nasci?

Ele desviou a conversa. O garçom trouxe os pedidos.

— A sua avó foi valente, não me deixou sair da rédea. Eu admiro o gesto dela, qualquer hora preciso agradecê-la.

— Ela não gosta de você.

— Eu entendo.

— Diz que você perdeu a oportunidade de ser meu pai.

— Ela diz, é?

Assenti, engoli a garfada cheia de carne e batata. Eu comia sem me abalar com o que minha boca falava. Cuspia nervos de boi e frases inconsequentes, pouco importava se iriam magoá-lo.

— Na época eu era casado com a Berenice e meu filho tinha quinze anos, eu tive medo de confundir a cabeça dele. Hoje ele já é adulto, é dentista, acho até que vocês podem se conhecer.

Bebi três goles da Coca, evitei uma resposta.

— Ele também tem lá suas queixas sobre mim.

Engasguei, Paulo não passou recibo. Meu pai era engraçado, eu agora descobria. Ele tinha um humor diferente, soltava frases curtas, irresponsáveis, que nem as da minha mãe, ou mesmo as minhas. Pensando bem, quem sabe as minhas frases não eram como as dele? Eu sempre achei que tinha o jeito de falar igual ao da mamãe, foi isso que ouvi a vida inteira.

— Pode ser legal — respondi e cruzei os talheres.

— Tem um sorvete campeão aqui. Com calda de chocolate. Quer dividir?

— Não, quero um inteiro.

— Tá certo.

Chegaram os sundaes. Eu comia o meu devagar. Aproveitava cada migalha que meu pai me dava, colherada por colherada, enquanto me lembrava do segundo copo de refrigerante que ele bebia na minha festa de aniversário. Quando acabasse, iríamos embora, ele iria embora.

— Sabe, Carolina, eu perdi muita coisa mesmo, talvez até o direito de ser seu pai, como a Tereza falou.

Eu ouvia sem olhar para ele, raspava cada cantinho de calda da taça.

— Mas eu queria te ver de vez em quando. Você me diz o ritmo, você me liga quando quiser.

— Tá. Pode ser legal.

O vestido da minha mãe era de cetim. O casamento foi na fazenda da família do Raul. Chegamos uns dias antes, para os preparativos, embora tudo já estivesse arranjado. Os Fonseca tinham uma aura baiana refinada, eles me mimavam com cocadas e quindins, era fácil simpatizar com aquela gente.

Quando vi minha mãe vestida de noiva, tive um alumbramento. O final feliz enfim estava ali, na minha frente, sedoso e brilhante. Naquela época, mamãe era a minha heroína. Eu acreditava que toda a distância tinha sido para que ela pudesse chegar a algum lugar, e todo o sacrifício tinha sido por mim.

Por anos senti raiva, quando percebi que havia mais. O meu pai. Mamãe precisava provar que era capaz sozinha, que tinha sido melhor sem ele. Claro que não foi. E essa certeza fez o esforço dela vazio e sufocante.

Hoje entendo que os sentimentos são o que são. Sou de verdade por senti-los, e minha mãe também. Na maioria dos dias, entendo a mamãe e abarco suas ondas. Poderia ter sido diferente, mas não foi.

Com o afastamento daqueles anos, eu enxerguei quem sou, e aí pudemos seguir verdadeiramente juntas. Humanas, diversas e, ainda assim, vez em outra carregar aquele clichê do amor incondicional de mãe e filha. Por épocas ele infla, por outras murcha, mas, mesmo nessas, não encontra o chão.

No casamento dela com o Raul, eu tinha quinze anos, a compreensão da falta ainda demoraria a chegar. Ali, eu só venerava a minha mãe, uma jovem realizando o sonho de toda mulher, com seu vestido de cetim decotado nas costas ciceroneadas pelo cabelo curto. Era uma princesa que se casava no agreste. Uma rainha, como o Raul a tratava.

Eu enfim pude aliviar a culpa por ter nascido.

Anos depois, virei estilista de vestidos de noiva. Nunca consegui trabalhar com cetim. Quando uma menina me pede, ofereço-lhe em resposta a caixa de rendas. Cetim, para sempre, será o vestido da minha mãe. Não tenho a ousadia de rascunhar uma peça que não chegará aos pés daquelas alças triangulares sobre ombros de cristal.

Os anos passam e não há um dia que essas memórias não me venham à cabeça, enquanto lavo o cabelo, toco violão, ou quando estou prestes a desenhar um croqui novo. Talvez essa seja uma memória recorrente, já que eu não costumo sonhar.

Minha mãe desceu pelas escadas acompanhada do sogro, ainda que os dois não tivessem grandes intimidades. Vovó estava ao meu lado, de vermelho e flor na cabeça, jamais deixaria por menos. Minha mãe caminhou pelo gramado, entre as intermináveis fileiras de bancos que abrigavam parte dos mil convidados. A praia ao fundo, Nossa Senhora no altar. Embora mamãe nunca tenha sido religiosa, a família do Raul invocava os santos.

No meio da festa, mamãe me viu encostada no topo da escadaria, flertando com o entardecer. Sentou-se ao meu lado, envolveu seus braços em torno de mim e me afagou debaixo da asa, do jeito que um passarinho faz com a cria.

— Vai ficar tudo bem. Estamos seguras, eles vão cuidar da gente.

Ouvi aquilo e não entendi direito. Minha avó cuidava de mim. Nada faltava, ela vendia quadros aos montes, não precisávamos de mais. Da minha mãe sempre escutei que eu não poderia depender de um homem. Então, que papo era aquele?

De todo modo, relaxei por um momento e acreditei.

A ausência tinha acabado. Agora ficaríamos juntas, mamãe não precisaria trabalhar tanto, nem provar mais nada. Ela estava feliz, segura e, portanto, eu também. Minha mãe me deu um beijo sincero, e curtimos aquele momento, só nós duas. Talvez tenha durado alguns segundos, ou poucos minutos, em minha memória virou um relógio inteiro, talhado de ouro, que guardo no porta-joias.

Raul então apareceu. Estendeu a mão a ela, piscou para mim.

— Posso roubar minha noiva?

Eu o olhei nos olhos, satisfeita:

— Fique à vontade.

— Você não quer vir? — ele me perguntou.

Fiz que não com a cabeça.

— Vou procurar a vovó, já vou.

Raul concordou e os dois saíram de mãos dadas. Era mentira, eu não queria a minha avó, só precisava vê-los de longe, afastados, escadaria abaixo, absolutos na pista recheada de pessoas e hip hop. *But she caught me on the counter (It wasn't me), Saw me bangin' on the sofa (It wasn't me), I even had her in the shower (It wasn't me).*

Achei graça na música que tocava em tantas festas de debutantes que eu frequentava. Mas, ao dançarem, os dois não eram ridículos. Ao contrário. Eram sexy, modernos, brilhavam no meio daquela gente, ela de olhos fechados e Raul com a mão espalmada em sua cintura.

Mamãe e seu vestido de cetim. Ela tinha conseguido.

Raul me levou para a lua de mel nas Ilhas Maurício. Viagem de areia e açúcar. A melodia daquele ano embalava nossas madrugadas. *Quem de nós dois vai dizer que é impossível o amor acontecer.*

Era a medida do que eu sonhava: perder a noção das horas enquanto o cabelo seca com o vento, admirar o meu prêmio, adormecido ou desperto ao lado.

Durante a estadia, Raul soube que precisaria viajar em seguida a Capetown, para uma série de reuniões. Pediu que eu continuasse com ele, haveria jantares com políticos e suas esposas. Nada me prendia, eu não trabalhava mais no Banco Global.

Quando a vida anda rápido, eu duvido das minhas decisões. Tive essa sensação quando engravidei da Carolina, embora Tereza não tivesse me permitido agir de outra forma. Agora eu sorvia esse sentimento com o rumo que meu caminho tinha tomado desde que o Raul chegara.

Momentos como esse me davam segurança. Com emprego e carteira assinada, eu não poderia me ausentar três semanas do banco. E a agenda do Raul exigia que eu estivesse disponível ao seu lado, onde eu queria estar. Eu precisava de liberdade para me prender a ele, não era mais o caso de disfarçar a minha vontade.

Nada me ancorava ao Brasil, só a minha filha. Mas Carol ia bem no colégio de padres, minha mãe fazia questão de dizer.

Era maldade Tereza bradar que eu buscava a perfeição na Carolina. Eu só queria que ela tivesse chão, estabilidade, terra firme. Matriculei minha filha na escola católica, porque os sermões, em algum lugar, me fizeram bem. Eu queria afastar dela a doideira da Joana Angélica, e os padres foram quem mais fizeram isso por mim.

Quando eu viajava para acompanhar o Raul, não é que eu deixasse Carolina para trás; eu cuidava, ali, do nosso futuro. Mostrava a ela que era possível ser mulher e, apesar disso, ter uma vida. Eu havia dedicado os meus vinte anos à maternidade, era plausível viver um pouco agora.

Tudo que eu queria era que a Carol presenciasse um casal normal. Trabalhador, regrado, que não contrariava governos, ganhava o próprio dinheiro e não precisava sacrificar nenhuma relação familiar em nome da arte.

Assim que a rotina com o Raul aquietasse, Carolina veria tudo isso de perto.

Que viesse, então, Capetown. Que viesse o trabalho no Grupo Rubi e tudo o que o Raul exigisse de mim. Eu estava pronta, eu queria ser dele.

Entre nós dois, não cabe mais nenhum segredo, além do que já combinamos.

Nas Ilhas Maurício, quando eu me deitava com o meu marido e ouvia essa música, a garrafa de Chablis ao lado, eu não imaginava quantos segredos não caberiam entre nós, apesar de alguns teimarem em se esconder.

Ah Raul, por quê?

De tantos machismos, o que mais me doeu foi o abandono.

— Carolina, tudo bem? Aqui é o Eduardo, seu irmão. Passa lá no consultório qualquer hora.

Cheguei da escola e encontrei o recado na secretária eletrônica, com um endereço na mensagem seguinte. A voz num agudo doce, polido, ritmado.

O consultório ficava em Copacabana. Um dia, na saída do colégio, em vez de tomar o ônibus que virava na Epitácio e me deixava em casa, peguei um que seguia reto pela Visconde de Pirajá e varava a Nossa Senhora de Copacabana. Saltei e toquei lá, espontânea feito a voz que me chamou.

Atendeu a assistente. Eu me anunciei, percebi sua surpresa.

— Minha irmã? Que maravilha! — ouvi os gritos enquanto ele irrompia pela porta — Carolina! Que bom que você veio.

Pude notar o sorriso aberto de Eduardo por trás da máscara, suas bochechas se movendo. Meu irmão usava óculos, touca e jaleco. Seu abraço entusiasmado me sujou de pasta de dente. Eu me perguntei se a gente já se conhecia.

— Entra aqui, estou terminando essa obturação.

Na sala, vi um senhor deitado na cadeira, a boca escancarada, equipamentos por todos os cantos. Imaginei quanto tinha custado montar um consultório daqueles.

— Seu Tonico, essa é a Carolina, a minha irmã. Você acredita que só hoje estou conhecendo ela? Olha que moça linda.

O paciente tinha o maxilar obstruído de instrumentos, não podia responder e nem virar a cabeça para me ver. Eduardo falava com ele num monólogo calmo, parecia que os dois tomavam uma xícara de chá. Vi logo que o meu irmão era o tipo de gente que bebericava Earl Grey com biscoitos na porcelana pintada à mão.

— Senta aqui, florzinha — a assistente me deu uma cadeira. Eu não consegui agradecer, assimilava os metais.

— Então, Seu Tonico, onde eu estava mesmo? Ah, sim, o tal do coquetel agora baixou de preço, mas para esse meu amigo eu tenho a impressão de que não vai dar tempo. Os médicos chegaram a nos dizer isso, nas entrelinhas, ele está um fiapo. Você se lembra do Cazuza? Já faz mais de dez anos e parece que foi ontem, né? Logo depois veio o Freddie Mercury, o Renato Russo. Eu pensei que não fosse ver mais pessoas queridas apunhaladas por essa doença, e aí aconteceu com esse meu amigo.

Falava com naturalidade sobre quem ele era. A conversa, apesar de triste, era bonita.

Seu Tonico foi embora da sala junto com a assistente. Eduardo me olhou, limpou o rosto com um lenço, virou a chave de volta para a euforia.

— Vamos tomar um milk-shake?

Tudo nele era inusitado, a camisa roxa que usava por baixo do jaleco, a calça xadrez no calor das pedras portuguesas. Caminhamos pela rua até um Bob's. Eduardo em poucos metros perguntou sobre a escola, o meu namorado, ainda teve tempo de achar fascinante que o Jorge trabalhasse como pescador.

— Já vi que você é uma menina romântica.

Nunca tinha pensado em mim daquele jeito, mas talvez eu fosse mesmo romântica.

Ele cumprimentou a moça do caixa com cordialidade.

— Dois Ovomaltine mal batidos, por favor, com pouco leite — olhou para mim. — Sou viciado nisso.

Ele não sabia, mas eu também era. Eduardo tinha o rosto no mesmo formato que o meu, nada é tão poderoso quanto o sangue, eu começava a descobrir.

— Esse cara que está morrendo é seu amigo?

— É... eu torço por um milagre até o final.

Vovó não gostava que eu rezasse novenas, minha mãe desconfiava do fiado do padeiro. Mas eu, eu sempre torcia por Deus.

— Já te disse que estou muito feliz que você veio?

Eu estranhava aquela sinceridade flamejante. Nunca fui efusiva, nisso não combinávamos.

— Essa coisa de crescer sem irmãos, sabe? Era chato estar aqui sozinho. Eu não me sentia exatamente filho único porque eu sabia que você existia, entende? Eu já era adolescente quando tudo aconteceu, foi esquisito não te conhecer.

Eduardo dava longos goles, às vezes fazia o canudo de colher para pescar mais sorvete.

— Logo que você nasceu eu ouvi uns rumores, pedi algumas vezes ao meu pai... quero dizer, ao nosso pai, para te conhecer. Ele sempre desconversou.

Eu o ouvia e não desgrudava do canudinho, fazia força para que o milk-shake subisse. Meu irmão sorria.

— Sabe, depois que eu deixei aquele recado na secretária eletrônica da sua casa, morri de medo da sua mãe brigar comigo. Ou a sua avó! Já escutei que a sua avó é uma fera.

— É, às vezes — respondi, achando graça.

— É que esse meu amigo, esse que eu contei para o Seu Tonico, ele me fez ver que a vida passa rápido, sabe? Aí junto com isso o meu pai comentou que vocês almoçaram outro dia. Desculpa, eu vou me acostumar a chamá-lo de nosso pai. Ou você prefere "papai"? Paulo? Enfim, senti que ele tinha baixado a guarda, que eu finalmente poderia te procurar por mim mesmo.

Eduardo terminou o copo dele, limpou cuidadosamente a boca com o seu lenço, do mesmo jeito que eu observei meu pai fazer aquele dia no Guimas.

— Será que você não topa vir de vez em quando no consultório, quem sabe uma vez por semana? Eu queria que nós fossemos amigos.

Fiz o que ele pediu. Toda quarta, depois da escola, eu pegava o ônibus pela Nossa Senhora de Copacabana e tocava no consultório do Eduardo.

Almoçávamos no Bob's, um cheeseburger e um Ovomaltine para cada. Trocávamos revistas, risadas, confidências.

Na fila dos pedidos, meu irmão colocava os óculos escuros e levantava a gola do casaco.

— Se meus pacientes souberem que eu venho me empanturrar de açúcar com você, perderei toda a minha reputação.

O caderno de Tereza e Carolina

Faça um favor a você mesma, jamais subestime sua intuição.

Fomos para Búzios num final de semana que elegemos para comemorar o meu aniversário. Era a primeira vez que o Raul vinha, minha mãe estava preocupada que tudo corresse bem, que a casa estivesse à altura. Vó Tereza revirava os olhos para as toalhas novas no porta-malas do seu carro, só serviam as italianas, as mais felpudas, segundo a mamãe. Raul fez questão de viajar até Búzios de helicóptero, pousaram no nosso gramado. A cena parou a praia toda. Eu senti vergonha do Jorge, da Rosa e do Ademar. Mamãe e Raul saíram com roupas bem cortadas da coleção *cruise* da Polo Ralph Lauren.

Ana e Luiza vieram comigo. Eu não queria convidá-las, mas mamãe bradava que filhos únicos precisam andar cercados de amizades. Queria na certa compensar a experiência que ela teve de filha única, embora eu não tivesse nada a reclamar da minha. Dinda Bia também fez questão de estar presente e a quantidade de gente na casa dava uma sensação de que aquele era mesmo um final de semana de festa.

No sábado, o dia que escolhemos para os parabéns, Rosa preparou um bolo branco e uma travessa de calda de marshmallow para despejarmos nas fatias. Era a especialidade da casa, tinha gosto dos meus melhores aniversários.

Jorge mal me encostava, parecia que ainda namorávamos escondido, embora todos soubessem de nós dois há meses. Minha mãe casada com o herdeiro da família mais rica do país e eu apaixonada pelo filho do caseiro, uma equação estranha até para mim.

Depois dos parabéns, uma parte foi jogar buraco e outra assistir a um filme. De longe, eu via o Jim Carrey descobrir que vivia num mundo inventado. Parei uns segundos para olhar *O show de Truman*. Volta e meia, eu também me perdia entre paredes.

Saí pela varanda sem ninguém perceber. Jorge me esperava do lado de fora, caminhamos pela areia fria.

Ele tirou da bermuda um envelope de papel. Era um brinco comprado numa barraquinha da Rua das Pedras, as franjas prateadas cintilavam ao redor do triângulo turquesa. Na hora eu tirei o brinco de ouro que mamãe tinha me dado e coloquei aquele. Ficou na minha orelha o restante do ano.

Não demoramos a voltar, com receio de que alguém nos procurasse. Antes, Jorge me beijou. A mão na minha bunda, a língua que preenchia minha boca inteira. Toda vez que o Jorge me beijava, ele mergulhava em mim. E eu nele. Eu sabia que chegava a hora, a minha e do Jorge. Felizes as mulheres que podem escolher o seu tempo. E eu podia.

Quando chegamos ao gramado, ele me deu um estalinho e foi para casa dormir. Eu queria uma visita no meu quarto mais tarde, mas a casa estava cheia.

Entrei pela cozinha imaginando o que o Jorge faria comigo no dia seguinte.

Dei de cara com a Rosa, ainda lavava os pratos. Toquei os brincos num reflexo. Ela não disse nada, mas percebi o seu incômodo. Sorri e tentei passar rápido por ela.

— Gostou do bolo?

— Estava uma delícia, como sempre. Muito obrigada, Rosa.

— Bonito esse teu brinco, Carol.

— Pois é, o Jorge me deu de aniversário.

Rosa enxugou as mãos no pano de prato.

— Carolina, minha filha, deixa eu te dizer uma coisa.

Ela me puxou, apontou o banco alto da cozinha para que eu me sentasse. Rosa ficou de pé.

— O meu filho vai se apaixonar cada vez mais por você, e você, uma hora ou outra, vai enjoar dele.

Abri a boca em protesto, quis interromper a fala, mas Rosa apertou minha mão e prosseguiu:

— Pode não ser hoje, nem amanhã, mas uma hora você vai enjoar. Vocês não pertencem ao mesmo mundo, Carol, e eu te falo isso com um amor de mãe que um dia você vai sentir. Ele vai ser um peso para você. Você pode ter todos os meninos, deixa o Jorge antes que seja pior pra ele.

Baixei os olhos, quis esconder o rosto em brasa. Eu era vermelha, Rosa vivia em tons pastéis. Com suavidade, ela me puxou para perto, encostou minha cabeça em seu peito e esperou até eu chorar.

— Vai passar, Carolina. Confia em mim, vai passar.

Eu tinha certeza de que ela estava errada, e tão pouca força para confrontá-la.

Eu começava a me cansar de contestar a minha mãe, as minhas amigas, o mundo onde vivia, a minha avó. Ninguém estava do nosso lado, alguns só disfarçavam mais.

Era um dos feriados de novembro. Rosa e Ademar viajariam para um retiro da Igreja, vovó estava fora com o Umberto. Algum festival de música, ou de novo a Bienal de Veneza, era difícil acompanhar a agenda dela naquele fim de ano. Mamãe dizia que dona Tereza tinha voltado a ser a mulher que foi nos anos 1980, e eu não entendia se era um elogio ou não.

Eu queria ter conhecido a minha avó nessa época dos saraus. Ela contava que o seu ritmo diminuiu quando o volume das minhas canções de ninar aumentou. Agora vó Tereza estava livre para a sua versão mais cheia de glamour e rock 'n' roll. Se mamãe tinha se casado com um cara bacana, a minha avó namorava um gato italiano, roqueiro de olho azul, só dois anos mais velho que o marido da própria filha. Competir com a dona Tereza era aceitar a derrota. O mais engraçado é que vovó não disputava com ninguém, era a minha mãe que não deixava ela em paz.

Foi pensando nisso que eu peguei um táxi depois da escola até a rodoviária, e de lá um ônibus para Búzios; simples como vestir um uniforme. Inventei para a mamãe que viajaria com a Ana e a Luiza, pedi a elas que me acobertassem. Uma doce mentira: um fim de semana em Angra com minhas amigas, viagem que de fato aconteceu, só eu que não fui.

Mamãe me incentivou, queria me afastar do Jorge a todo custo. Na certa me imaginou a bordo de lanchas, andando de *banana boat* com dez meninas esganiçadas. Ela me ofereceu o chofer, eu respondi que não precisava, a gente iria com a mãe da Ana, que ficaria na casa conosco o tempo todo. Tudo verdade, menos a parte que eu estaria presente.

Mamãe não se deu ao trabalho de ligar para a família da Ana para agradecer, eu conhecia o meu gado, ponto pra mim. Àquela altura, ela se achava melhor que a turma de pais da escola católica, uma galera bem mais classe média do que a minha mãe gostava de admitir. Na peneira, havia um ou outro cheio da grana, o Igor e o João, mas mesmo para as mães deles a dona Alice não dava bola.

Ela tinha um complexo por eu ser filha de um pai não apresentável. Minha mãe não era viúva e sim solteira, solteira com filha, a vida toda. Achava que as famílias carolas a rejeitavam quando, na verdade, ela nunca fez a menor força para ser simpática.

Ao se casar com o Raul, mamãe sentiu que deu a volta por cima. Achou por bem destinar aos pais a mesma distância com que sempre foi tratada na cabeça dela. Nada disso eu precisei teorizar, ela repetia suas crenças na cozinha, no café da manhã, no sofá da sala, com livro e taça de vinho na mão.

Desci do ônibus, vi o Jorge encostado numa pilastra, parecia ainda mais sério, com seu jeito *blasé*, aquele mesmo de toda madrugada de janeiro, quando ele olhava para a varanda e me mandava voltar a dormir. Usava jeans e camiseta branca. Eu quase nunca o via de calça; meu namorado tinha se arrumado para ir me buscar. Ele conseguiu uma folga com o tio pelo trabalho em feriados e finais de semana. Seríamos só nós e os próximos dias inteiros.

Fomos de bicicleta até em casa, Jorge pendurou a minha mala de pano nas costas e me pôs entre ele e o guidão. Não falamos muito. Eu sentia o cheiro da sua colônia junto com o vento no rosto. Meu cabelo balançava. Aquela era a maior transgressão que eu já tinha feito, mais até do que começar a tomar pílula escondida da minha mãe no dia seguinte ao que saí da ginecologista pela primeira vez.

Jorge me levou para a casa dos pais dele, seria ali que ficaríamos. Eu tinha imaginado as cenas daquele feriado e, na minha cabeça, elas se passavam no meu quarto, na minha cama, no meu banheiro. Não cheguei a contestar. Pensando bem, invadir a sala da Tereza sem ela saber não tinha nada a ver com o Jorge.

Entrar na casa do meu namorado, puxada pela mão dele, dava gosto de Halls azul na barriga. Era um lugar secreto, onde eu me sentia visita, por mais que desde criança aparecesse para pegar algum brinquedo esquecido ou lanchar cachorro-quente. Era diferente estar ali agora, sentir o cheiro dos armários, puxar as gavetas que emperravam, tocar as canecas com a cerâmica lascada, ter tempo para olhar a sala e perceber objetos familiares, que um dia foram da vó Tereza. Rosa deu a eles novo brilho e Super Bonder.

Jantamos macarrão com salsicha que o Jorge cozinhou. Ele colocava tempero de pizza, contou que o seu tio o ensinou uma vez enquanto dividiam a marmita no barco.

Raspei com o garfo o prato de vidro âmbar, a cor me fazia lembrar do perfume da vovó. Cruzei os talheres, não soube o que fazer. Eu me ofereci para lavar a louça, um pouco constrangida, um tanto inquieta, sem saber o que o meu namorado esperava de mim.

Eu nunca tinha transado. O Jorge, com seus agora dezenove anos que entendiam de tudo, me aguardava com paciência há meses. Eu não queria decepcioná-lo.

Todos os pensamentos de uma vez me deixavam tonta.

— Você quer tomar um banho?

— Um banho?

Ele levantou as sobrancelhas em resposta; o mais natural era eu tomar um banho depois de pegar um ônibus intermunicipal por horas. Cogitei se cheirava mal.

Entrei no chuveiro do Jorge, que era fora do quarto dele. Eu ouvia a água espetar sem dó a cortina de plástico azul celeste. Pensei na minha mãe. Senti um aperto esquisito, a vergonha por ter mentido. Por alguns segundos eu me perguntei o que fazia ali.

Vesti uma legging e meu moletom de todos os dias, deixei o cabelo molhado. Jorge me esperava no sofá da sala, a TV ligada com a novela acabando.

— Senta aqui, vai começar um filme.

Eu tinha gargalhado com a Cameron Diaz de topete no cinema. Na frente da televisão, fingi que a assistia pela primeira vez. Nós alternávamos nossas estreias naquele fim de semana, só que, mesmo no que eu podia, eu não queria me mostrar veterana. Preferia fazer de conta. De alguma forma, a minha vida tinha começado depois que eu e o Jorge passamos a namorar. Eu me iniciava de novo ali.

Na penumbra da TV, as pernas se embolaram, as mãos se perderam embaixo da coberta. O Jorge se enroscou no meu pescoço, meus pelos se arrepiaram. Eu percebi a camiseta dele no chão, a minha calça na metade da canela, um jeito de dizer a nós mesmos que não estávamos pelados. Foi a primeira vez que eu fiquei tão sem roupa na frente dele, e que vi, de relance, meu namorado assim. Quando eu enfim tive coragem de olhar, vi que o Jorge era lindo. Mais ainda do que eu imaginava.

— Você é muito gata, Carol, é difícil me controlar — ele se afastava e puxava a bermuda para cima.

— E por que você se controla?

Eu provocava, fiel ao meu jeito marrento. Não sei se ele percebia que era da boca para fora. Por dentro, eu ia me enchendo de medo, queria me mostrar decidida sem nem saber se estava mesmo.

— Você tem que ter muita certeza, essa decisão não dá para voltar atrás. Eu quero que você queira muito.

— Mas eu quero. Muito.

— Quero que você queira mais.

Jorge me abraçou, sereno, voltamos a ver o filme. Demorei a acalmar minha respiração. Ele passava o dedo desavisado pela minha orelha, minha boca e eu me arrepiava toda de novo.

— A gente tem muitos dias. Vamo com calma.

Adormeci no sofá, Jorge me levou até a sua cama. Dormimos agarrados, eu nunca tinha feito nada parecido com nenhum garoto.

Ele acordou antes de mim, passou um café, comprou pão na padaria. Eu me sentia uma adulta, que acordava descabelada, cheirava o vapor quente da caneca enquanto mordia o pão francês, com o pé apoiado na cadeira, a cabeça no joelho. Eu tinha visto aquilo nos filmes, nas novelas e enfim chegava a minha vez.

Fomos para a praia. Picolé de limão, água gelada, nossas bobagens no ouvido. Jorge estava certo, tempo é tempo.

Mais tarde, no banho, ouvi mais uma vez as gotas sobre o plástico. Um barulho oco e cheio.

De repente, o silêncio. Jorge abriu a cortina, me entregou a toalha. Seus olhos me encontraram nua.

Ele me tirou do chuveiro, me enrolou com o pano desbotado, a pontinha virada para dentro, perto do meu peito. Eu ainda pingava, a toalha era um vestido curto, não cobria a curva da minha bunda.

Tive a impressão de ouvir o rádio da sala.

Molha eu, seca eu, deixa que eu seja o céu.

Naquele instante eu fui mesmo o céu. Um céu do qual o Jorge era devoto.

Entendi, então, o que o Jorge queria dizer. Com cada parte do meu corpo, eu desejei ser mais e mais desejada pelo meu namorado.

Foi ele que me fez viajar antes, para dentro de um vulcão, um lugar onde eu nunca tinha ido, não com tanta intensidade. Não embarcada no Jorge.

Quando ele enfim veio inteiro, eu senti dor, pedi que continuasse. Não senti muito mais com o Jorge em mim, mas gostei de ver aonde eu o tinha levado. Ficamos bastante tempo abraçados, sem saber se era dia ou noite. Eu só tinha consciência de que a vida me permitia voar. Eu chegava a uma nova dimensão, conduzida pelo Jorge a partir de uma decisão inteira minha. Eu era a imperatriz de mim mesma.

Nos dias que passamos em Búzios, tive sede de aprender. Entendi que podia ficar à vontade com o Jorge, com minhas portas abertas. Quanto mais livre eu fosse, mais meu corpo me recompensaria com deslumbres.

Depois daquele nosso início, por tanto tempo eu quis me casar com o Jorge, ser mãe dos filhos dele, dar férias a perder de vista para a Rosa e o Ademar, ter a casa do caseiro para sempre nossa. Desde que o Jorge viesse todas as tardes, noites, manhãs. Entrasse no meu cabelo, no meu ouvido, nas minhas frestas, nas minhas descrenças.

Do meu coração ele nunca saiu.

2015

Pode ser só cansaço. Virei as últimas noites terminando croquis para a Marieta apresentar às noivas em seu atelier. Meninas pagam um dinheirão por um vestido que eu desenho, as costureiras bordam e Marieta, por trás dos óculos gatinho, passa a borracha, corrige um punho, e sorri.

Cada dia acredito menos no casamento. Ainda assim, invento vestidos para mimadas. Quando desenho, esqueço das vozes fanhas, dos braços esqueléticos, dos narizes arrebitados. Deixo de imaginar os copos atirados nas paredes, as desculpas para chegar tarde, os almoços embolorados de domingo. Eu sonho que pode ser bom. E desenho.

Em poucos dias é carnaval. Mamãe e Raul me convidaram para esquiar. Fiz isso por mais de dez anos, agora tenho quase trinta, já deu para ter noção do ridículo. Que coisa mais nada a ver uma mulher da minha idade viajar com a mãe, de quarenta e cinco, e o marido dela. Não são meus amigos, são meus pais. Quer dizer, ela é minha mãe. O Raul até que é um bom esboço de padrasto, mas não me sinto sua filha e sei que ele também nunca se sentiu meu pai, apesar da camaradagem.

Se eu pensar bem, talvez seja por isso que até agora não fiz um plano de negócios e mostrei ao Raul, para que ele me ajude a montar o meu próprio atelier, onde desenharei vestidos para noivas se iludirem. Eu deveria pedir ajuda, mas não tenho coragem, nem plano de negócios. Raul também nunca me ofereceu apoio e mamãe tampouco.

As telas da minha avó congelaram num preço bastante alto depois da Bienal de Veneza, não há como baixarem. Elas não são mais vendidas, não como antes, é raro. Vó Tereza deixou de ser moda, embora, para mim, ela seja um *hit* eterno e constante.

Por mais que vovó tenha o dinheiro dela guardado, a gente não sabe bem quanto é, eu tenho medo de pedir e atrapalhar sua aposentadoria. Tenho a impressão de que ela vai viver para sempre.

No carnaval, eu poderia enfrentar os bloquinhos com minhas amigas solteiras e balzaquianas, se ainda tivesse disposição. Calor, cheiro de xixi e aquele exército de garotos-zumbis se achando deuses, bêbados, implorando por um beijo.

Corrigir o delineador até acertar, vestir meia arrastão, banhar-me da purpurina que dialogará comigo pelo restante do mês. Tudo isso para contracenar com esse tipo de gente nessas circunstâncias... não. Tenho preguiça de existir no carnaval, posso passar sem sexo e sem euforia.

Abro o armário e pego o biquíni cortininha. Decido ir para Búzios com a vó Tereza. Todo ano ela me convida, eu nunca aceito. Ou estou ocupada viajando o mundo com minha mãe e o Raul, ou tento me convencer de que os blocos cariocas são essa maravilha que todo mundo diz. Pois é.

Búzios estará lotado, talvez falte água. Mas vou com vó Tereza. Com ela sei que terei dias de bolo de milho, papo furado, música por vinte e quatro horas, telescópio, caipirinha e mapa astral. Se Mercúrio retrogradar, vó Tereza estará comigo; se meu cabelo desalinhar, vó Tereza estará comigo. Se o Jorge aparecer para visitar os pais, com mulher e filha, vó Tereza estará comigo.

O caderno de Tereza e Carolina

Nunca critique a roupa de uma mulher quando ela não tiver mais tempo de trocá-la.

Pegamos trânsito, chegamos tarde. Vovó sumiu casa adentro conferindo lençóis e toalhas. Eu deveria ajudá-la a guardar as compras, mas demorei um tempo na sala, acompanhada do cheiro de guardado que a casa trazia. Reparei na lona do sofá, desfiada nas pontas, na pouca luz das luminárias, não mais suficiente para iluminar os velhos porta-retratos. Quando foi que o tempo passou?

Nada em Búzios me era mais familiar. As casas em volta estavam maiores, a nossa envelhecia.

Fui direto à porta da Rosa e do Ademar, supostamente para vê-los, apesar da noite. Carregava uma falsa intimidade, a verdadeira eu sabia que não tinha mais. A casa deles era menor do que eu lembrava e a cor das paredes desbotara com os anos. Eles demoraram a abrir. Eu ouvia a conversa de dentro, o barulho da televisão. Rosa contava um caso por cima da voz de uma criança.

A neta estava lá.

Respirei, não dava para voltar atrás. O que eu tinha ido fazer na casa deles? Eu era tão previsível, infantil. Ainda carregava o cabelo comprido onde o Jorge enrolava os dedos. Eu era a mesma, ou achava ser.

Ademar abriu a porta. Envelhecido, curvado, a pele colecionava rugas. Rosa, ao fogão, esquentava o leite, o pé apoiado na perna esquerda cansada, a nata borbulhou em surpresa. Senti a sua vergonha. Ela me olhava, matuta. Eu invadia um espaço onde não era autorizada — não mais. Os anos impõem barreiras, formalidades, liturgias.

 A bebê tinha feito um ano há pouco. Comia na cadeirinha. A mãe era uma mulher bonita, farta, de olhos alongados. Usava tranças, lindas tranças. Ela era ainda mais exuberante do que nas fotos que eu fuxicava pela internet. Jorge estava casado, tinha uma filha. A menina usava dois pompons cor de rosa no cabelo, talvez para homenagear o nome da avó.

 Eu lembrava as palavras da Rosa, de tudo que ela me disse quando fiz quinze anos, que eu precisava esquecer, que, se continuássemos, eu ia ficar bem e o Jorge não. Agora eu via o Jorge com sua família, a filha ensaiando marias-chiquinhas. E eu estava só, porque nasci para ser só, porque o amor não é para mim.

 Ele tinha uma peixaria. Nas fotos que eu vasculhava até tarde pelo computador, o cara parecia orgulhoso dos seus peixes. Eu, por outro lado, me mostrava tão inserida num mundo onde não pertencia. Eu desenhava vestidos para os casamentos mais bacanas da cidade, meu nome, por baixo do da Marieta, ficava conhecido. Só que eu era uma farsa, uma bastarda, e todo mundo sabia.

 Diante daquela família que comia, dormia e acordava sem mim, eu não soube o que dizer. Engasguei ao contar que tinha vindo dar um alô. Eu e minha calça jeans justa, meu suor, os quilos que eu queria perder. Cada palavra era uma colher de inadequação.

 Quando Jorge apareceu, lembrei da minha mãe e da sua mania de dizer que o porvir é dado a requintes de deboche.

De bermuda, sem camisa, ele carregava um prato fundo de vidro marrom. Comia ovo mexido, arroz e feijão, tudo misturado. Ele não pareceu surpreendido nem emocionado ao me ver. Só disse um oi, abriu a geladeira para pegar mais suco. Reparei nas costas onde eu tanto me debrucei, tinham agora uma tatuagem, uma cruz. Fiquei me perguntando quando ele tinha feito aquele desenho, quando ele tinha feito aquela criança.

Jorge voltou para a sala e sentou no sofá, ia começar o futebol. A TV se demorava num plantão, alguém era transferido para Curitiba.

Rosa me olhava, agora com pena.

— Carolina, vocês estão precisando de alguma coisa lá? Eu deixei tudo arrumado, será que sua avó achou as toalhas? Estão em cima da cama.

Respondi que tinha vindo justo perguntar isso, as toalhas, onde estavam as toalhas. Mas Rosa não precisava se incomodar, eu iria ajudar a minha avó, a gente se via amanhã.

Nada em Búzios me era mais familiar. Tereza não tinha o mesmo gás para reformas, a Rua das Pedras era um mar de gente e o Jorge era só alguém que um dia eu conheci.

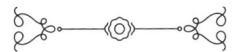

Eu podia ouvir os ecos das respirações, estava escuro no gramado. Pedro ao lado, a bordo do meu tapete voador. Eu descrevia um sonho que nem sabia que tinha. Eles ouviam cada detalhe, o pessoal do comitê, a turma da prefeitura, a comitiva. Muito maior do que eu imaginei viver. No centro do Maracanã, na alta madrugada, eu narrava meus círculos.

Eles entendiam o lance. Eu enxergava no meio do breu, falava e via, as esferas, as estrelas, o céu que imaginei, bordas, interseções, o infinito. Eu transpirava euforia. Eles compravam todo o meu barulho. Arcos, cores, alturas. Nenhum corte. Minhas órbitas se misturariam aos aros olímpicos na abertura dos Jogos. Minha arte faria parte da história. Para sempre.

Eu não merecia tanto. Quando achava que não podia esperar mais da vida, passava um cometa. Se eu soubesse meu destino, não teria procurado o Halley.

Queria telefonar para Carolina, Alice, Bia; ainda era madrugada.

Seguimos para o Jobi, só me restava beber o mundo até amanhecer. Eu encontrava a minha versão de outros tempos e o presente merecia a esbórnia do passado. Tinha dado certo. As tintas olímpicas, meus últimos círculos, para chegar à apoteose com fogos de artifício e bandeira dourada. Eu brindava com o Pedro. Uma vez, três, cinco.

Já era de manhã, nem reparei. Finalmente poderia ligar para elas. O telefone tocou primeiro.

Alice.

Minha Alice.

O caderno de Tereza e Carolina

Tome cuidado com os diâmetros, defenda a distância, mas não exagere nos espaços. Gosto de círculos porque eles são o retorno, o esperado, o pra sempre. O círculo é uma gota de chuva na água. É a bolha de ar submersa que se expande à medida que chega à superfície. Até estourar.

Foi assim que cresceu a distância entre nós, entre mim e a minha filha, quero dizer.

Era cedo. Bateram na porta. Raul e eu dormíamos abraçados, não abandonamos esse hábito. Ao longo dos anos, perdi pessoas, paciência, memória, colágeno. Mas não os braços do Raul. Continuavam aqui, em volta do meu corpo. Não entendi as batidas, se era sono ou realidade. Se era ontem ou agora. Do outro lado, as palavras vinham turvas, embaralhadas no travesseiro. Eu culpava o antialérgico que às vezes tomava para dormir. Em geral, eu acho os culpados.

As batidas se aceleravam, os chamados aumentavam de volume. Eu os recebia com o chão no teto. Vesti o robe, esfreguei os olhos para acordar as urgências. Olhei na cabeceira, seis da manhã.

Abri a porta. Era a dona Ana, nossa cozinheira, de vestido, avental e lenço na cabeça, impecável tão cedo.

— Tem uns senhores na porta, são da polícia. Querem falar com o dr. Raul.

Quando o ser humano tem medo, ele se cala. Acordei meu marido, nos vestimos em silêncio, certos de uma confusão, confusos nas certezas, cada um convicto de sua mordaça.

Entraram quinze agentes em meu apartamento. Precisavam verificar todos os cômodos, tinham um mandado de busca e apreensão. Busca e apreensão. O que de Raul precisava ser buscado? Os tênis sujos perambulavam pelos tapetes. Os malotes de pano enodado esperavam em cima da minha mesa de mármore branco. Era um engano. Nós tínhamos projeto social, éramos sustentáveis, talvez gerássemos o maior número de empregos do Brasil. Não podia ser sério.

Reviraram os armários, meus diários, a gaveta de lingerie. Arrancaram o computador do Raul, e todos os papéis que encontraram em seu escritório.

— E o teu computador? — A moça de rabo de cavalo mascava chiclete.

— Eu não tenho em casa.

— Notebook, não tem? — Ela devia ter uns oito anos a menos que eu.

Entreguei. Nada ficou no lugar. Nossa casa ocupada por mãos e afrontas.

Pediram que o Raul fizesse uma pequena sacola com pertences, ele deveria ir até a delegacia prestar esclarecimentos.

Eu chorava, secava as lágrimas, ajudava-o sem reparar nos meus gestos mecânicos.

Raul estava apático, mas não surpreso. Imaginei se, num íntimo secreto, ele contava com aquela possibilidade, ou talvez esperasse. Só não me avisou. Ele dormia abraçado comigo todas as noites e nunca me falou que poderiam vir buscá-lo na manhã seguinte.

— É melhor a senhora se vestir. A senhora vai com a gente também.

Eu peço que dona Ana ligue para a minha mãe. Raul manda o segurança telefonar para o criminalista. Eu nem sabia, até esse momento, que tínhamos um advogado criminalista. A porta fecha o mar bem na nossa frente. Entramos no elevador algemados. A água perto e distante. Eu questiono as algemas, eles me respondem sobre o regimento.

Raul está aéreo, é o silêncio personificado. Passamos pelo seu João, o zelador, ele me olha com um pesar envergonhado. Na calçada há flashes, microfones, perguntas que eu não sei responder. Penso o tempo todo que não vivo o que vivo, estou descolada do meu corpo, alheia, observo de longe. Dizem que quando morremos é assim. Dentro dessa viatura, estou um pouco morta, ao lado do Raul, um defunto. Um cadáver ainda quente, com o ombro encostado no meu.

Papai nunca apareceu para mim. Eu queria que ele pudesse vir e me contar, garantir que do chão não passamos, e que, mesmo quando morremos, não é o fim de tudo. Se ele nunca voltou, é porque talvez seja.

Tereza não se conforma que o nome do meu pai não tenha aparecido no relatório da Comissão Nacional da Verdade. Ela incluiu o papai no Dossiê de Mortos e Desaparecidos de 1995 e assinou junto com centenas de artistas o manifesto em favor da Comissão. Tereza tinha certeza de que, no ano passado, veria escrito Francisco José entre os quatrocentos e trinta e quatro nomes. Meu pai ficou de fora, supostamente por falta de provas. Ele nunca voltou para contar.

O policial no banco da frente assobia Pink Floyd com a tranquilidade de quem é livre. *How I wish you were here...*

Na porta do batalhão, há mais fotógrafos, interrogações. Eu penso em Carolina, depois no Paulo. Carrego nos braços, feito um bebê embrulhado, a vergonha. Sentamos lado a lado, eu e Raul. Eu achei que meu marido me protegeria de tudo.

Ele finalmente mexe os dedos, tenta um carinho, apesar das algemas.

— Meu amor, deve ser um grande mal-entendido, essa Polícia Federal está cada dia mais arbitrária.

Eu assinto.

— Meu pai vai resolver isso hoje mesmo, tenho certeza.

A cabeça gira numa espiral, tento entender por que estamos aqui. Ninguém nos explica a acusação; pelo que compreendo, há só uma investigação em curso. Agora isso não importa, estamos detidos do mesmo jeito.

Aquilo tudo veio antes de nós. As obras antecederam o meu casamento com o Raul, também o seu nascimento. A cultura foi talhada antes do dr. Fonseca e do pai dele, precede mesmo a empresa.

O advogado chega. Coloca a mão consoladora no ombro do meu marido, me cumprimenta de longe. Ele não fala muito, só pergunta se trouxemos os diplomas de ensino superior.

— Não vai precisar, vocês vão para casa hoje, é só em último caso.

Raul responde que o diploma dele está com o motorista. Vira os olhos para baixo.

Não entendo.

Por que ele não me pediu que eu buscasse o meu diploma? Eu me sinto só, apesar do braço do meu marido continuar encostado ao meu. Quantos instantes são precisos para que uma pessoa experimente o amor. E o vazio?

O advogado me pergunta quem poderia trazer o papel. Eu respondo que a minha mãe. Em silêncio, rezo, não sei bem para que santo. Peço que Tereza atenda o telefone e ache o diploma. Ligar para a Carolina talvez seja mais eficiente, cogito a correção, mas não consigo superar a vergonha. Minha filha é uma mulher adulta, madura, sagaz, veio bem até aqui, apesar do meu tropeço. Eu não posso lhe causar mais essa humilhação.

O criminalista entra na sala do delegado. Eu perco a noção do relógio. A uma certa altura, uns homens nos levam para uma sala com mesa e cadeira, soltam nossas algemas. Ficamos de mãos dadas, acuados. Na saúde e na doença.

Passa um tempo longo, provavelmente horas. Sinto fome, estranho que meu corpo ainda se manifeste, que meus órgãos não falhem.

O advogado entra e se vira para o meu marido.

— Raul, fica calmo, você pegou prisão temporária. Dura cinco dias, podem tentar renovar, mas não vai durar tudo isso. Hoje é sexta, eles prendem na sexta de propósito, para que você passe o fim de semana na cadeia. Respira, fica sereno que minha equipe já está trabalhando no *habeas corpus*. Acho que antes de segunda eu consigo te tirar.

Lembro do assobio do policial. *Did they get you to trade your heroes for ghosts?* Raul se levanta junto com seu medo, eu percebo. Não sinto minhas lágrimas, nem sei há quanto tempo estão aqui. Raul me abraça, seu corpo é quente. O coração dele acelera, ele não está morto.

Meu marido vai embora, de novo algemado. Eu puxo o ar, ele não vem.

Fico só na sala por mais um infinito incontável.

O advogado aparece e senta diante de mim. Cabelo cortado, relógio, terno sem nenhuma engelha, abotoaduras de platina.

— Alice, você pegou prisão preventiva.

Eu fico muda, de novo não entendo. Eu não entenderia nada do que ele me dissesse agora.

— O que é isso? É o mesmo do Raul?

Ele suspira de cabeça baixa, os cotovelos apoiados na mesa, as mãos na nuca. Volta a me olhar.

— Na verdade é uma prisão sem prazo determinado. Em geral é processada quando alguém ameaça as investigações. A polícia entende que você é muito bem relacionada, e que a sua área na empresa, de relações especiais, é a mais delicada nesse momento.

— Eu trabalho com eventos — argumento, atônita.

— Eu sei, vamos explicar isso a eles no tempo adequado. Os policiais acharam um cartão de Natal seu, na casa de um ministro, endereçado à mulher dele. No cenário de hoje, isso piora um pouco o quadro.

Tento me levantar da mesa, sinto que vem um desmaio. Ele me oferece água com açúcar no copo que já abrigou geleia de mocotó. Penso em todos que me verão dali a alguns minutos, pela TV, indo para a cadeia. Carolina, Paulo. Tereza.

O advogado me percebe inconsolável e continua:

— Veja, eu negociei isso com eles porque é mais fácil conseguir tirar você de uma preventiva do que o Raul, entende? Fora que é menos prejudicial à imagem da empresa. O Raul é presidente e você... as pessoas não sabem bem o seu cargo.

Did you exchange a walk-on part in the war for a lead role in a cage?

— Só tem um último ponto: sua mãe chegou com o diploma, mas era uma cópia, faltou a autenticação. Vamos pedir uma segunda via e peticionar a transferência assim que possível.

— Hoje eu durmo aqui?

— Não, hoje você vai para Bangu.

O caderno de Tereza e Carolina
Jamais espere alguém para a festa. Aceite o êxtase a hora que for e lá na frente vocês se encontram.

Vó Tereza entrou no meu apartamento, ela tinha a chave desde antes de aquele lugar ser meu. Quando minha mãe se casou com o Raul, cheguei a morar com eles por uns meses. Foi estranho, os dois também acharam. Eles eram recém-casados, tomavam café da manhã com colheradas de mel derramadas na torrada, vagarosas, certas do para sempre. Eu era uma adolescente atrasada para a escola, decorando a química, desesperada com a física, envolta na regravação de "More than words" no último volume, só assim dava para tirar no violão.

Vovó me recomendou paciência, eles logo teriam um bebê, e aquele apartamento de frente para o mar mudaria de maré. O bebê nunca veio e continuei surpreendendo os dois na cozinha, no corredor, na hora do jantar, por mais que eu tentasse ser invisível.

Quando o Raul nos contou que tinha conseguido comprar o apartamento que costumávamos alugar na Joana Angélica, de presente para mim e para a mamãe, dei nele um abraço cheio de alívio. O combinado era que eu poderia passar o dia lá, estudar, ter aula de violão, mas eu precisava voltar ao deles todas as noites para dormir.

Foi um jeito de diluir o nosso constrangimento. O apartamento ficou fechado, fui lá com o Jorge umas duas ou três vezes. Depois que a gente terminou, nunca mais pisei naquele sinteco. Mas a chave do apê foi a desculpa que eu precisava para passar o tempo que quisesse na casa da minha avó, e até dormir. Foi o que eu fiz nos primeiros tempos. Sem que ninguém percebesse, voltei a morar com a vó Tereza.

Anos depois, eu e vovó sentimos que era a hora. Comecei a atravessar a rua, primeiro durante os finais de semana, depois por um punhado de dias. Aos poucos eu tomei posse do lugar, fazia compras, pendurava quadros, trazia plantas, lavava roupa. Quando percebi, era dona do meu teto.

Só que vó Tereza tinha a cópia da Papaiz. Naquela manhã, anos depois, ela entrou para me acordar com o cafuné de sempre, os dedos firmes espalhados no meu couro cabeludo.

Vovó diz que eu me pareço com ela, pele clara, corpo cheio de curvas, cabelo de ondas. Minha avó se acostumou a pintar o dela de loiro, do jeito que as musas dos anos 1980 faziam. O meu continuou castanho, salvo quando pintei de ruivo, no meu aniversário de vinte e um, e me arrependi no mesmo instante. Mamãe se parece com o meu avô Francisco, vovó diz isso também. Corpo magro, cabelo liso e escuro.

E com essas farpas vestidas de doçura, com esses rótulos do parecer, vó Tereza criou mais uma barreira entre ela e a minha mãe, entre mim e a minha mãe. Éramos sempre sombra e luz.

Ela tentava me acordar, eu seguia imersa num pesadelo, não lembro qual. Sua mão entrou no meu sono surrealista, me puxou pelos cabelos. Doía, a mão puxava com mais força. Eu não queria, eu corria de volta para a noite.

Quando já estava com os dois calcanhares de fora, seca de abismos, aceitei.

Abri os olhos. Vi a minha linda avó, elegante até de rosto inchado:

— Acorda, coração — forçava a voz suave, tão diferente da natural —, vamos precisar ajudar a sua mãe e o Raul.

Eu cocei os olhos, sem dar muita atenção.

— O que houve?

— Eles foram presos.

◇⸮————⸮◇

Caminho pelo escuro, ouço gritos misturados ao barulho das colheres nas grades.

— Você deu sorte, quatro dessa cela estão na enfermaria.

Elas me fecham com mais duas mulheres, Vera e Luci. Uso o uniforme da prisão, um conjunto cinza de tecido roto. Levaram meus sapatos, eu não sabia que não podíamos entrar calçadas. O chão é frio, úmido de líquidos que não sei o que são. Eu não tenho um chinelo comigo. Um chinelo, que nas festas costumam dar de brinde para as mulheres que descem do salto. Eu nunca desço do salto, acho vulgar. Costumo mandar esses que ganho para a filha do motorista, ou para a dona Ana. Agora eu não os tenho, nem um pedaço do que me sobrava ontem à noite, quando fui dormir.

— Meninas, gente nova na área. Ela tá descalça — Luci berra em direção às outras.

Alguém de umas celas adiante manda um par de sandálias para mim. Eu calço, meu calcanhar sobra para fora. Não conheço o rosto de quem me ajudou, não importa. Esse é um sistema eficiente, percebo. Uma lógica cooperativa, todas nós, diferentes órgãos de um único ser vivo. Uma caravela daquelas que queimam no escuro, só que aqui nada cintila.

Vera me explica que preciso pedir papel higiênico para quem vier me visitar. Elas vão dividir comigo nesses primeiros dias. Tudo soa distante. Visita, primeiros dias. Quantos dias ficarei aqui? Depois de quantos deixa de ser só os primeiros?

Uma goteira pinga bem no centro da cela e nos espalha pelas paredes. Vejo a nesga de luz desafiar o vão de ventilação, coberto de grades. Uma barata entra e sai pela fresta. Grande, pegajosa, livre. Vera e Luci não se importam. Não sei como dormirei aqui.

O cheiro de umidade se mistura com o de urina, me transporta para as calçadas cariocas durante o carnaval. Eu e Raul costumamos viajar no carnaval, não gostamos de conviver com a sujeira das ruas.

Luci tem o cabelo raspado, é gorda, negra e nunca se levanta. Falta-lhe um dente da frente. Vera é raquítica, deve ter uns sessenta anos, a pele desbotada, o cabelo escuro com fios grisalhos na altura do ombro preso com um elástico. Passa a maior parte do tempo em pé, encostada pelas paredes. Fala pouco, tem a voz consoladora de uma avó. É tão frágil e parece triste há muitos anos. Tenho vontade de perguntar há quanto tempo está aqui.

Ela pergunta primeiro: como cheguei lá, se pela Lava Jato. Respondo que sim e ela diz que as mulheres da Lava Jato demoram a se habituar a Bangu. Eu argumento que logo vão me tirar. Ela não retruca. Eu me calo e a encaro, busco a confirmação do que acabo de dizer.

— Costuma demorar um pouco mais — ela responde.

O caderno de Tereza e Carolina

Quando eu tinha seis anos, o irmão de uma amiguinha, de catorze, passou a mão pelo meu corpo. Entre as minhas pernas, no meu bumbum, nos peitos que eu ainda não tinha. Eu achei estranho, não gostei, e tive vergonha de sair dali.

Aconteceu de novo, e de novo.

Quando eu já era adulta, um cara me deu um tapa enquanto a gente transava. Eu não entendi, meu rosto ficou quente por um tempão. Depois, ele mordeu meu sexo e deixou um pequeno calo de sangue que ficou ali por anos.

Eu olhava para a pinta vermelha e me lembrava do babaca.

Passei uma semana naquela cela, acompanhando a barata entrar e sair. Eu trabalhava de dia, vigilava o desespero das noites.

Nunca perguntei a Vera ou a Luci a razão de estarem presas, não importava. Ali éramos todas iguais, um país novo com regras próprias. Assim que a grade se trancou, eu entendi que Bangu era uma pedra zerada.

Na primeira semana, só me permitiram receber advogados. Quando voltava para a cela, eu tirava a roupa e as policiais examinavam os bolsos da minha nudez.

As visitas do meu advogado se alternavam com as da Bia. Em meio a todos os quebra-molas da sua vida, minha amiga-irmã cursou a faculdade de Direito. Enquanto eu segurava sua mão com a força do meu pranto mudo, naqueles minutos que podiam ser eternos, eu me perguntava se o destino não tinha jogado a Bia para as leis com o único intuito de que ela pudesse chorar comigo na cadeia. Um jeito de, outra vez, vivermos o inferno juntas. A vida só se entende de trás para frente.

Bia me contava que Tereza e Carolina pleiteavam uma permissão para me ver. A angústia morava também do lado de fora.

— Tereza pode vir, Carolina não.

Eu tinha pavor de encarar a minha filha daquele poço.

— Bia, você é madrinha dela, me ajuda nisso. Ela não pode vir aqui. É uma visão irreversível, vai corroer a imagem que a Carolina guardará de mim.

Bia concordava com seu sorriso tranquilizador, o mesmo que ela me ofereceu na maternidade, quando eu tinha a bebê nos braços. Talvez ela fosse um anjo, bem na minha frente, mais amorosa do que qualquer irmã de carne e osso que Tereza pudesse ter me dado. Bia teve uma irmã e dois irmãos, e agora só tinha a mim, pela metade, manchada de grades.

O dia em que vieram me tirar do quadrado dividido com a Vera e a Luci, eu já sabia que continuaria em Bangu. Não cheguei a conhecer as outras quatro detentas, que ainda estavam na enfermaria. Por conta do ensino superior, eles me colocaram numa cela só para mim. Não tinha o cheiro, nem a barata, mas também não tinha vida.

No silêncio das madrugadas, eu imaginava rostos e avaliava se tinha sido uma boa troca.

Quando soubemos que eu não conseguiria ver a minha mãe tão cedo, vó Tereza me convenceu a dar um tempo e ir para Búzios. Dinda Bia havia explicado que naquele momento só eram permitidas visitas de advogados. Havia jornalistas na porta do meu prédio e no muro de pedras da vovó. Minha mãe era inocente, eu tinha certeza. Certeza e também desespero, raiva, vergonha.

Dinda Bia mandou o recado da mamãe, o pedido que eu me afastasse. As três tinham essa mania de me proteger, como se eu fosse uma criança, e não uma mulher de vinte e oito anos. Mesmo assim, eu as acatava.

Pedi uns dias a Marieta, nem precisei explicar o motivo. As vozes daquela semana eram de pena, queriam logo desligar o telefone, fechar a porta. Ninguém aguentava encarar a filha da presidiária. Combinei com a dinda Bia que ela me avisaria assim que as visitas fossem liberadas. A hora que ela ligasse, eu voltaria.

Cheguei a Búzios de noitinha, Rosa me esperava. Seus olhos tão diferentes dos de algumas semanas antes. Compreensivos, pesarosos. Olhei para ela, deixei que soubesse que eu não queria conversar.

Rosa abriu os braços em resposta. Joguei a bolsa de roupas no chão, caí em prantos. Era a primeira vez que eu chorava desde a prisão da minha mãe. Rosa me ofereceu chiados de consolo. Ficamos um bom tempo ali, abraçadas. Ela nada dizia e menos perguntava. Com simplicidade, deixava escapar seu alento.

— Deus cuida de tudo, Carol, Deus cuida de tudo.

Quando eu cansei de soluçar, ela me serviu um chá de camomila e me levou até o quarto. Preparou um banho de banheira para mim. Depois que eu cresci, ninguém mais me preparou um banho. Rosa acendeu uma vela da vó Tereza, tinha perfume de mar. Apagou a luz.

— Te espero na cozinha.

Imergi nas perguntas, exausta. Era muito que eu queria saber da mamãe. Ela não mandaria respostas. Eu imaginava se era isso que acontecia com os mortos, se essa tinha sido a sensação da minha mãe quando perdeu o pai dela. Não era tão distinta da minha vontade de fazer perguntas ao meu pai, quando ele ia embora da festinha de aniversário ou virava a esquina do Baixo Gávea depois do Guimas.

Tentei aquecer a solidão com meias, demorei um tempo penteando meus pensamentos. Voltei para a cozinha, com o cheiro do banho e a ressaca do choro. Rosa derramava uma panela de brigadeiro quente em cima do bolo de cenoura.

— Você ainda gosta?

Eu fiz que sim, com os olhos molhados.

— Quer mais chá?

Ela me serviu com prazer. Rosa gostava de estar naquele fogão, naquela *persona*. No carnaval, eu havia invadido o seu refúgio ao bater na porta da sua casa. A nossa relação, agora eu entendia, tinha nascido daquele jeito. Todos os dias, ela era chamada a visitar as minhas intimidades, enquanto eu jamais teria permissão para adentrar as dela.

O bolo tinha gosto de casa, há muito que não muda. Rosa me assistiu comer por um tempo. Ela me conhecia em lugares distantes de mim, mas que ainda estavam lá. Ela me entendia em quinas onde talvez a minha mãe não me reconhecesse.

Mamãe estava distante, mas ainda estava lá, era o que eu queria pensar. Quando veio a distância? Eu não saberia responder. Um infinito incontável de anos atrás.

Rosa me deixou na mesa, com minhas lonjuras, e foi desfazer a mala.

Me encontrou ainda na cozinha, lavando o prato.

— Eu limpo, Carol.

— Você já fez muito, Rosa — respondi.

Ela terminou de lavar a louça e se despediu com um abraço materno. No dia seguinte, estaria lá quando eu acordasse, prometeu. O que eu precisasse, poderia ir até sua casa, ela e Ademar estavam sozinhos naquela noite, fez questão de avisar.

Assim que a Rosa saiu, procurei as garrafas de vinho da vó Tereza. Escolhi um corte chileno. *Um corte*, pensei.

Tentei ler um dos livros que eu tinha mandado iguais para a mamãe, mas não consegui. Coloquei um filme na TV. As imagens passavam pelos olhos enquanto eu assistia aos medos cruzarem o meu corpo, o túnel de uma locomotiva barulhenta.

Adormeci no sofá, aconcheguei os pesadelos.

No dia seguinte, Rosa estava lá, como prometeu. Ela passava o café. Sentei no banco alto, provei mais um pouco do bolo de cenoura, anestesiada pelo vaivém de suas pernas finas.

— A sua neta é muito bonita, Rosa.

Ela sorriu sem modéstia. Os olhos cheios de brilho, transportados para outros cantos. Crianças fazem isso, nos levam com elas. Em toda a minha vida eu tive medo de ter filhos. A maternidade mais parecia uma sina, um fardo pelos olhos da minha família, mulheres tão parecidas no cansaço. E de repente vinha o Jorge, que tinha a Rosa como mãe, e colocava uma mulher no mundo. Sem mais nem menos, um herói.

Rosa me perguntou sobre o almoço, respondi que tanto fazia.

Passei o resto do dia enfurnada no quarto, com a porta da sacada aberta para a brisa. Olhava a praia, não mais deserta, as gaivotas no céu. Lia uma página ou outra e pensava no que minha mãe estaria fazendo naquele exato instante.

Eu me prendi no quarto, tentei esquecer que as horas passam. Esqueci de descer para o almoço da Rosa, talvez ela tenha batido na porta.

Quando o céu já estava lilás, escutei um assobio lá fora. Fui até a sacada confirmar. Era ele. De chinelo, regata, bermuda, suor.

— Posso entrar?

Desci as escadas, a sala estava escura, a luz apagada, Rosa já tinha saído. Jorge continuava na porta, apesar de aberta. Demos dois beijos no rosto, atrapalhados. Ele estava diferente do outro dia, quando o vi na casa do caseiro jantando de prato na mão.

— Minha mãe comentou que você estava aqui.

— Você soube do que aconteceu?

Ele apertou os lábios numa expressão de quem sente.

— Acabei de fechar a peixaria. Você quer dar uma volta?

— Foi a sua mãe que pediu?

— Não, pô. Só tô a fim.

Caminhamos lentos pela rua feito os velhos amigos de antes. Será que era assim que nos viam? Ele me perguntou se eu estava com fome. Talvez eu estivesse, não tinha almoçado, agora eu tinha certeza.

Sentamos num boteco no fim da rua, na última mesa livre. Achei bonito o amarelo do banco de plástico.

— Você bebe cerveja?

Respondi que sim. Na época em que namoramos eu não gostava, Jorge lembrou. Pediu uma porção de peixe frito.

Encontrei a minha fome.

— Sua filha é linda — disse sem jeito. Eu não tinha o que dizer a ele.

Ele abriu o sorriso da Rosa, os olhos se apertaram da mesma forma.

— Tainá. Ela é linda mesmo. Puxou a mãe.

Engoli em seco, rebati com um gole de cerveja.

— Há quanto tempo vocês estão juntos?

— Ah, Carolina, não faz pergunta difícil. Uns cinco anos?

Ele me replicou a interrogação, imaginando que eu soubesse. O pior é que eu sabia.

Jorge contava da peixaria, eu ouvia interessada.

— Você, empresário, quem diria.

— O que que tem?

— Sei lá, eu me acostumei a te imaginar livre.

— Você sempre foi mais solta que eu — respondia enquanto mastigava um pedaço de peixe. — Você peitou os seus amigos mauricinhos naquela época. Foi divertido.

Eu me agarrei no pretérito perfeito. Ao nosso namoro no passado, um lance de criança, menor. Isso me irritou. Dei o troco e fingi:

— Que amigos? Eu não lembro. — E espremi os olhos para mentir melhor.

— Aqueles que ficavam com a Ana e a Luiza, uns moleques que só falavam de Europa.

Ainda fingi não lembrar. Ele não percebeu, Jorge é um espírito bom.

— E você, não tá namorando?

— Eu não namoro, Jorge.

— Como assim?

— Desisti.

Ele levantou a sobrancelha, daquele jeito dele. Não perguntou mais, era eu que queria contar.

— Já levei fora de melhor amigo, de homem que se dizia apaixonado por mim a vida inteira, de playboy, de moderninho, de zero à esquerda, de cara que eu tinha certeza de que seria o pai das minhas filhas. Te dou um cardápio, pode escolher.

— Vai ver o amor da sua vida ainda não apareceu.

Eu gargalhei. Jorge continuou sério, sem entender.

— Sei lá, eu acho que tem gente que nasceu para isso e gente que não.

— Isso o quê?

— Esse pacote aí que você tem, casamento, filho, mesa posta. Eu nunca tive uma casa assim, não sei bem o que é, entende?

— Olha pra você, Carol.

Terminei o copo e voltei ao ataque de riso.

— O mais engraçado é que eu vendo esse sonho. Fico lá desenhando vestido de noiva para um bando de meninas, sei de todas as festas, todos os tipos de casamento. Na praia, na serra, em Noronha, no Outeiro da Glória, e eu mesma não me vejo em nada disso.

— E é por isso que você é tão interessante.

Eu fingi não ouvir, tentei achar natural receber o elogio; me acalmei, sequei as lágrimas distraídas. A cerveja estava gelada, eu bebia.

— Você pode ter o cara que quiser, o problema é que não sabe disso. Enquanto não souber, vai continuar aí, com esse papo de titia.

Eu desdenhei do papo de titia, fiz um coque, deixei o brinco balançar perto do pescoço desnudo. Gosto do meu colo, dos meus ombros, e sei que o Jorge também.

— Porra, não era eu que devia te falar isso. — Ele piscou o olho. — Cadê aquela menina que desamarrava o biquíni de lacinho?

— Eu fazia isso? Meu Deus, onde eu estava com cabeça?
— Você ainda acredita em Deus?
— Claro.
— E por que acha que Deus não acredita em você?

Repetimos a dose por toda a semana, ele fechava a peixaria e vinha me ver. Eu gastava os dias no quarto, com vergonha do resto do mundo. Evitava a Rosa. Jorge aparecia, me convidava para uma volta. Era a garantia de que eu pronunciaria alguma palavra ao longo do dia, e colocaria um mínimo de comida no estômago, já que eu continuava perdendo a hora do almoço

Aquele movimento do Jorge me lembrava a época em que começamos a ficar, ele me buscava para um mergulho. A mesma dança, só que dessa vez eu perguntava se a mulher dele não se importava que estivéssemos juntos a cada anoitecer.

— Ela sabe que só tô dando uma força para uma amiga — ele respondeu com tranquilidade.

A esposa tinha o surpreendido no papel de mãe. Era carinhosa, estava tão ocupada com a filha, nasceu para isso. Não fazia diferença se ele passasse umas horinhas a mais fora de casa, dali a pouco ele voltava para elas. Eu tinha inveja. E também ciúme. E solidão. Eu me sentia promíscua e ao mesmo tempo não conseguia evitar aquele cara.

Ser mãe era uma possibilidade longínqua na minha vida. Meus ombros pesavam, eu afundava na cadeira de plástico enquanto ouvia o Jorge esbanjar seus peixes. Até que o papo enveredava pelas marés, as fases da lua, o Charlie Brown Jr., e eu me servia de mais um copo de cerveja. O escritório do Jorge era na praia.

No dia seguinte, o ritual se repetia. Eu descia as escadas, sentia o cheiro do bolo fresco da Rosa, e encontrava o Jorge na porta.

— Só vim conferir se você tá bem.

A cada noite eu tinha vontade de ficar mais parecida com ele. Saía de cabelo molhado, short e chinelo, que só não era tão gasto. As pessoas vinham falar com o Jorge, pararam de me olhar com estranheza. Toda hora aparecia alguém, ele era um cara do mundo, mesmo sendo só ali de Búzios. Conhecia a galera dos restaurantes, da pesca, do samba, do tráfico, todo mundo.

Noite a noite eu reparava nos diálogos, nos dialetos. Pouca gente conseguia ser unanimidade, e o Jorge chegava perto.

Numa dessas, eu perguntei a ele sobre o Deco. Jorge tomou um gole demorado.

— Foi preso, pegou doze anos, cumpriu oito. Foi solto, meu tio ajudou. Ele voltou a vender, foi preso de novo. Tá tendo a vida que escolheu.

Eu emudeci.

— Que bola fora. — Ele percebeu a gafe e pediu desculpas.

— Tudo bem — respondi, baixando os olhos.

— Você não precisa sentir vergonha, Carol. Não aconteceu com você.

— Mas eu sinto.

Ele passou a mão nas minhas costas, afável.

— Queria sentir só vergonha, mas sinto também raiva, pena, nojo, saudade. Quem me dera sentir uma coisa só — continuei.

— Você tem notícias dela?

— Nada por enquanto. Ligo todo dia para a minha madrinha, para saber se já liberaram as visitas.

— É uma sacanagem isso.

Era a primeira vez que tocávamos no assunto desde que eu tinha chegado.

— Lembra aquele filme que a gente assistia quando era criança? *Namorada de aluguel*?

— Acho que lembro, o que o garoto paga para a menina fingir que namora ele?

— Eu tenho pensado direto nessa história. Você lembra por que a menina precisa do dinheiro?

— Não.

— Porque ela pegou escondido a roupa de camurça da mãe e alguém derramou uma taça de vinho tinto.

— Pode crer — Jorge riu.

— A prisão da minha mãe é essa camurça branca manchada. A existência dela foi sobre provar a Deus e ao mundo que o meu pai não fez falta, que ela dava conta sozinha. E aí alguém entorna uma taça de vinho na roupa dela. Vai ficar manchada pra sempre.

Jorge serviu mais uma rodada.

— Ela pode trocar de roupa, Carol.

Eu o encarei, um pouco incomodada.

— Vai ver ela sai de lá dando valor a outras coisas. Tem uns trancos na vida que transformam a gente, Carol.

Calamos em nossos copos, bebendo a vista da calçada. Eu pensava em qual tranco tinha transformado o Jorge.

Talvez a vida toda dele, até ali, tenha sido uma estrada sem asfalto.

A gente parava na segunda garrafa toda noite. Quando o garçom vinha retirar o casco, o Jorge empertigava o corpo. Em seguida, tiraria a carteira do bolso de trás da bermuda, depois levantaria e eu entenderia que era a hora de ir embora. Cedo.

— Pede outra — disse, determinada, dessa vez.

Ele pediu.

O caderno de Tereza e Carolina

Tenha paciência com os tempos da vida. Às vezes, o bem demora.

Voltamos pelos altos e baixos da Rua das Pedras. O embalo da cerveja me traz mínimos soluços, pontos e vírgulas que retardam meus passos. Eu vejo vitrines de biquíni, o restaurante de crepes, os botecos. Quando Jorge anda ao meu lado, percebo que Búzios não mudou tanto assim.

Passamos por uma porta com uma pequena multidão aglomerada. Paramos para olhar, toca alto o "Rap do Solitário". *Ainda lembro daqueles momentos, até hoje está no pensamento.*

O funk entra, verso a verso, no meu corpo lépido de álcool. Eu danço. Jorge me olha na calçada, sorri. Começa a se mexer, com certa timidez, movimentos mínimos, ele tem mais intimidade com o ritmo que eu.

— Saideira.

Ele diz uma palavra e me puxa para dentro da birosca. Estou leve, não custo a entrar.

Todos cantam com emoção, somos mais dois aqui, anônimos, apaixonados pelo que cantamos, pelos adolescentes que fomos.

Minhas pernas bambeiam. Ele pede dois copinhos de cachaça. Eu viro, é doce e amarga. Dançamos um de frente para o outro. Eu fico miúda. Há tanta gente aqui, Jorge vem bem perto, eu não me afasto. Chego a boca no seu ouvido.

— Você vai se atrasar — aviso.

— Eu sei.

Um garçom passa com uma bandeja, nos imprensa contra o balcão.

Faz calor. Jorge segura a minha cintura, eu não tiro a mão dele.

Ele me encara, e eu silencio. Não há ninguém aqui. Não cantamos mais, não há som nenhum em volta.

Jorge me beija, eu correspondo. Certa dos grandes erros do mundo, de todas as chagas do universo.

O beijo, contudo, é doce, inexplicavelmente doce. O beijo é casa, eu me pergunto onde estive nos últimos quinze anos. Fico na ponta dos pés, debruço minha boca na do Jorge, agarro o seu cabelo do jeito que gosto de fazer. Com a chancela do meu pecado original, o velho lembrete de que nasci para sofrer, bastarda.

O caderno de Tereza e Carolina

Quando eu tinha dezoito anos, fui a uma festa com um amigo, a gente se beijou, ficamos juntos. Eu nem queria, aconteceu. No fim da noite, ele me falou que não ia me levar em casa, mandou eu pegar um táxi. Abriu a carteira e me deu o dinheiro. Eu aceitei porque estava longe e tinha saído com a carteira vazia.

— Que coisa feia o rapaz não te levar em casa — ouvi do taxista, encolhida no banco de trás.

Entendi o garoto, porque, se eu achava que era tudo bem beijar sem querer, beijar porque, afinal, o cara estava a fim, eu não me dava muito mais valor do que a meia dúzia de moedas da minha carteira. Quem me daria, então?

Não me lembro de como saímos daquele bar, nem de quando chegamos ao meu quarto.

Sei de cor cada instante que passei com o Jorge na minha cama. O seu pescoço salgado, o beijo dele na minha orelha, no meu decote. A pele num respiro solto, autêntico. Minha nudez enumerando todas as memórias que guardava do Jorge, em segredo de mim.

Tínhamos pressa, saudade, sintonia. Eu, inteira em suas mãos, com a certeza de que dali nunca deveria ter saído.

Jorge vinha para mim.

— Eu te amo — ele sussurrou.

A gente se segurava, com força.

— Porra, Carolina, eu te amo. Quero ficar com você. Só com você.

Depois, no silêncio comungado, eu fechava os olhos e via o abismo, lânguida, entregue naqueles braços que nada mais falavam. Um mar inteiro a mergulhar, a eterna dúvida se será profundo o suficiente para abrigar a minha queda. Poderia ter sido só um sonho.

De repente, eu desperto. Tudo se repete. É vida.

Penso nas órbitas da vó Tereza, penso se o céu ainda estará lá para mim de manhã. Vejo a minha mãe, a filha do Jorge. Desvio os ventos.

Quantas estrelas cabem no meu céu?
Não consigo contar. Não posso.
Não quero.

Está escuro, o corpo não suporta roupas. Eu sinto o dedo dele pelas minhas costas, suave. Violino, melodia, sol.

    Abro os olhos, Jorge está vestido. Ele penteia meus cabelos com seu carinho. Eu sinto sono, não processo bem. Ele fala baixo.

    — Vou pescar. Eu não iria hoje, mas um dos barcos me pediu ajuda, estão com dois pescadores doentes. No fim da tarde eu venho, depois que fechar a peixaria.

    Eu o beijo. Ele retribui. Estou mole e ele já tão limpo, com gosto de menta.

    Jorge olha dentro de mim, não desvia:

    — Tudo que eu te falei ontem é verdade.

    Eu assinto. Volto a dormir, feliz, amada.

    Sonho que o agora é para sempre.

O caderno de Tereza e Carolina

Uma mulher não é menos fêmea por não ser mãe. Respeite quem decidiu dessa forma.

Não pergunte a uma mulher sem filhos quando ela os terá.

Não pergunte a uma mulher com um filho se ela terá o segundo.

Jamais diga crueldades mentirosas como "quem tem um, não tem nenhum".

Não questione uma mulher que tem dois meninos por que ela não teve uma menina.

Pense duas vezes antes de estipular padrões inconsequentes, sarrafos maldosos, molduras inatingíveis para uma vida que não é sua.

As mulheres precisam imediatamente parar de tentar se encaixar no querer dos outros, das outras. Esse lugar pode ser bem apertado. A pele esfola.

Acordei com o sol alto no céu, o calor entrava pela janela, revelava tudo o que queima. Invariavelmente, as coisas queimam.

Olhei por trás da cortina, a praia estava cheia, fiquei tonta com o movimento de carrocinha, criança, bola, cachorro. Eu estranhei a hora. Estranhei meu corpo despido, estranhei estar em Búzios. Nada mais era igual à noite anterior. Eu estava suja, completamente suja.

Entrei no chuveiro, deixei a água cair. Bem quente, até flagelar as costas. Esperei para ver o barro escorrer das pernas. Só reconheci o sangue, desceu naquela manhã. Meu corpo de bicho, em ressaca pelo que fez. O vermelho levando meu gozo, meu transe embora.

O rosto da filha do Jorge não me saía da cabeça. Os pompons cor de rosa, as tranças da mulher dele. O jeito que a mãe olhava para a menina com amor, o sorriso que o Jorge abria quando falava das duas. Que merda eu tinha feito.

Saí do chuveiro em chamas. Rosa batia na porta com seus tons pastéis. Tive medo, me perguntei se ela já sabia.

— Carolina, a dona Bia está no telefone, pediu para você atender, é urgente.

Lembrei que há muitas horas eu havia esquecido do celular, dinda Bia devia estar tentando falar comigo há bastante tempo. Corri, cheia de vapor.

Era a notícia que eu esperava, minha mãe enfim podia receber visitas. Dinda Bia alertou que ela estava receosa em me ver. Eu não dei bola, desliguei com pressa, me vesti, arrumei as tralhas, coloquei tudo no carro. Queria deixar a noite para trás.

Eu pensava na minha mãe presa, na família do Jorge. Até onde o amor é livre?

Entreguei à Rosa um beijo, os agradecimentos que cabiam em meu coração e nenhum recado.

Jorge me ligou por dias, meses.

Jamais atendi.

Fiz questão de esquecer a estrada de Búzios.

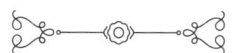

Eu tinha a identidade na mão. Na outra, a forma do bolo de milho, coberta com um pano de prato, igual à que a minha sogra costumava me entregar no Méier. O tempo não aceita desaforo. O bolo na forma era uma garantia de que voltaríamos, ao menos para devolver o vazio. Hoje eu entendo.

Eu trazia o meu círculo debaixo do braço, uma ironia infeliz me lembrava que, mais cedo ou mais tarde, o inesperado se repete. Eu almejava o final, o recomeço. Vestia calça jeans e uma das várias camisetas manchadas de tinta. Só encontrei o borrão depois que saí de casa. Azar, Alice veria que eu também andava do avesso. De tudo que uma mãe anseia, ela não espera ver a filha na prisão.

Eu estalava os dedos, aguardava Alice com aflição no peito. Quando ela enfim chegou, não consegui conter minhas águas.

O nome Alice Celeste foi o mais próximo que consegui chegar de um sonho. Eu sabia que a maternidade teria suas turbulências, que o caminho da minha filha não seria só de rosas. Ela atravessaria labirintos, exércitos, rainhas loucas. O importante era que, com aquela alcunha, Alice jamais deixaria de voar, navegaria por países e maravilhas.

Ela sonhou, a minha Alice. Eu só esqueci que a linha entre o sonho e o pesadelo é quase invisível.

Minha filhinha. As olheiras se embrenhavam pelo rosto chupado. Estava despenteada, sozinha. Ela sempre me lembrou o Francisco. Era tão difícil não ver o espelho, Narciso acha feio.

Eu amei de cara a Carolina, a minha neta era o meu retorno. Caracóis, curvas, arte. Mais uma volta. Carolina era orvalho, maresia, violão. Alice tinha a sobriedade dos números, lembrava o pai e seus poemas mínimos, de cortes fundos e poucas letras. Minha filha não cultivava palavras, nem exuberância. Seu cabelo escuro jogava luz nas minhas mechas. Contida, racional, ela nunca quis ocupar o espaço inteiro do seu corpo alto. Se aquelas asas fossem minhas, a atmosfera já transbordaria purpurina.

A dificuldade da diferença caminhou com a gente. Quando o Francisco partiu, ela se tornou insuportável. Olhar para Alice era ver o meu Francisco, ouvir ele chamá-la de Céuzinho, imaginar o céu onde ele estaria.

Assim que o policial soltou o braço da minha filha, eu a segurei com toda a força de uma mãe. Meu choro encharcou o seu uniforme de presidiária. Eu pensava em tudo que não fiz. Cada uma das minhas ausências costuradas naquele pano, a agulha furando o tecido para cima e para baixo, com o fio. Costurar é *com-fiar*. Alice nunca passou uma linha sequer em mim, eu precisava aceitar.

Eu tinha tanto a dizer a ela, e as lágrimas não paravam de escorrer, era um desespero não ter clareza.

— Você está se alimentando? Eu trouxe um bolo.

— Mãe, eu preciso te explicar tudo.

Segurei a mão dela.

— Você não precisa, não, Alice. Eu sou tua mãe, não tenho que saber de nada para te amar e te defender.

Ela secou o rosto com os punhos, do jeito que o pai costumava fazer, nas poucas vezes em que chorava. Eu cruzei um oceano inteiro para o meu Francisco não ser preso. Teria dilacerado o universo pela minha filha.

Passei o dedo na forma redonda, pensei no círculo, sempre ali, ora doce, ora puro ardil. O carma do Francisco foi para a minha Alice. Outra vez não vi a tempestade chegar.

Ela perdeu o pai sem explicação. Agora perdia a liberdade da noite para o dia. Que desgraça de linhagem, eu reconhecia o deboche.

A Challenger de novo explodia no céu.

Carolina,

Nesse tempo estranho em que sua mãe não está conosco, acho que é o momento para eu te dar esse caderno. Não consigo te entregar em mãos, tem uns ritos na vida que eu evito. Deixo-o aqui, debaixo do teu travesseiro, com uma gotinha de perfume. Comecei a escrever nele quando sua mãe estava grávida. Não sei por que não te dei antes, talvez por vergonha, quem diria que a vida me reservaria algum pudor. Talvez eu não tenha passado ele a você porque estávamos tão juntas, o caderno não tinha razão de ser, e eu via que você estava indo bem. Seja como for, fica aqui tudo que escrevi e considerei impublicável, tudo que pensei em te dizer ao longo da vida, conselhos que poderiam te servir como mulher, ou pequenos desabafos. Há páginas em branco, talvez eu tenha economizado, quem sabe você completa? Não precisa dizer o que é escrito meu ou seu, que virem nossas anotações conjuntas. Quem sabe um dia, quando você tiver uma filha, você dá o caderno a ela? Ou mostra para as suas amigas, quem sabe suas amigas terão filhas? Que esses rascunhos possam ajudar outras mulheres, porque, Carolina, se eu for voltar à Terra, ou a outro planeta, virei de novo fêmea. Ou então nem venho. Só volto se for para honrar quem hoje sou e daí evoluir, e eu só posso evoluir sendo mulher, entende? O feminino é uma dádiva, uma delícia, uma dor. É um processo, a gente aprende cada dia um pouquinho, eu não tive ninguém para me ensinar. Com a sua mãe, não deu tempo. Com você, acabei em linhas tortas, eu devia ter te dado esse caderno mais cedo. Você descobriu muito de si sozinha, não foi? Vai ficar tudo bem. Seja verdadeira em sua essência, faça coisas boas, pense um pouco no mundo, nas mulheres, releve seus erros, não fique obcecada com o passado. Não procure a felicidade todos os dias, é cansativo. Por outro lado, saiba que a alegria é um hábito, um compromisso. Viva, experimente, faça o que quiser, mas não com qualquer um. Exercite a liberdade, entenda que ela é mesmo um exercício. Sou muito agradecida por meus setenta anos. Por meus dois amores, minha filha e minha neta. Por meus quadros, meus alunos, meus orgasmos, minhas experiências, todas as cores que vi, as luzes onde dancei.

Te deixo o meu amor, inteira,
Vovó.

Passei três meses em Bangu.

Não cheguei a permitir que Carolina viesse, mas ela beirava os trinta e veio porque quis. Depois desse episódio, nunca mais me obedeceu. Tereza me trazia bolo de milho e quentinhas de restaurantes. Não tinham muito gosto, nada cheira mais do que a liberdade. Carolina levava para mim todos os livros que eu pedia. Combinamos de lê-los juntas, eu do lado de dentro, ela do de fora. *Uma aprendizagem, O quarto de despejo, As meninas*. Ela se esforçava para acompanhar o meu ritmo de leitura. Eu tinha todo o tempo do mundo e ela, a juventude.

Quando Bia vinha me visitar, eu ansiava pelas surpresas. Ela tirava da bolsa fotografias. Nós duas em Nova York, bêbadas na escada de incêndio da rua 104; eu com Carolina no peito; eu e meu pai com roupas de piscina pelas ruas de Paris, sua barba escura, meu sorriso que nunca mais voltou. Essa foto ficou por anos pendurada na cortiça do meu quarto, na Joana Angélica. Onde Bia tinha conseguido? Há faltas que só irmãs conhecem, antes mesmo de nós.

Aos poucos eu me permitia uma rotina para não enlouquecer. Fazia exercícios logo cedo, comia o bolo da Tereza sem deixar migalha nos dedos, lia e sublinhava o que achava importante discutir com a Carolina. No resto do tempo, eu trabalhava na lavanderia e escrevia meus pensamentos.

Muitas vezes por dia eu sentia palpitações. Na fragrância do amaciante, elas viravam crises de choro. Cada lágrima se esforçava a entender o que eu tinha feito com a minha vida. O que seria de mim depois dali, quanto tempo mais iria durar.

Os advogados diziam que estava perto. Dia após dia, a mesma frase. Antes, muito antes, eles me contaram que o Raul tinha saído.

— Não é uma boa notícia? Logo vocês estarão juntos.

Eu não entendia por que o Raul nunca tinha vindo me ver. Nem ninguém da empresa, ou da família dele. O advogado explicava que meu marido queria vir, mas não seria bom para o seu processo, ele precisava manter uma certa distância. Eu me sentia contagiosa, a própria lepra. Algo tinha se rasgado, e a tesoura não estava em minhas mãos. Eu pensava no Raul e meus sentimentos se alternavam. Por vezes vinham saudades, por outras, ódio. A preocupação se ele se sentia sozinho. A falta. Quantos abandonos cabem numa vida?

Dizem que uma existência se define pelos amores que cada um vive. Já eu acredito que um caráter se molda a partir dos abandonos que se sofre, e pelos que se comete. Todos abandonamos, todos somos abandonados. Não é exclusividade, nem privilégio. É simplesmente humano.

Eu pensava no Paulo. Onde ele estaria com a segunda mulher e o blazer bem cortado? Eu tinha passado tantos anos com a cabeça naquele homem, me vestia para ele, imaginava se o seu perfume continuava o mesmo. A vida correu sem que eu pudesse controlar. Aquele instante era culpa minha? Ou do Paulo? Eu teria casado com o Raul se não quisesse mostrar ao Paulo a minha aliança? O caminho teria sido outro se eu não tivesse engravidado?

Tantas perguntas sem sentido, o relógio não iria voltar. Ainda assim, eu não deixava de me interrogar, porque o que eu mais tinha, agora, era tempo.

Nada além do tempo.

O caderno de Tereza e Carolina

Sensualidade pode vir em variados ventos. Sempre achei o sopro um dos baratos mais excitantes que existe. Inteligência também.

Eu não tenho chinelos. O piso está molhado. Eu ando, a água aumenta. Um rio barrento escorre pelo chão. A correnteza é forte, vai me levar. Eu seguro na grade, bebo a água suja. O ar me falta. Lá em cima, a barata entra e sai.

Acordo num sobressalto.

Seco meu suor, sinto com a mão o lençol de muitos fios, meu corpo a salvo.

Lembro onde estou, o peito custa a desacelerar.

Levanto e deixo o Raul na cama. Não quero imaginar seus pesadelos, bastam os meus. Ando apreensiva até a sala, não tenho coragem de acender a luz. Encosto no vidro frio da janela, a ponta do nariz esmagada pelo medo.

Espio, ressabiada, se o carro da Polícia Federal está lá embaixo para me levar outra vez.

Por anos repeti o mesmo ciclo, a cada noite que vinha.

Por muito tempo não consegui entrar num ambiente sem imaginar que as pessoas me olhavam e lembravam que eu tinha sido presa. Talvez eu jamais me livre desse fantasma.

Naquela madrugada, cumpríamos juntos a prisão domiciliar. Raul estava em casa. O nosso casamento, não mais. Carregávamos ruídos. Ele dormia pouco ao meu lado, eu era uma intrusa.

Às vezes tentávamos fingir que tudo ia bem, mas o advogado do Raul era um, e o meu, outro. Nas reuniões com a defesa dele, eu não era convidada a participar, ainda que ocorressem na sala do meu apartamento, ainda que o café fosse servido na xícara de porcelana portuguesa que eu escolhi quando visitei Lisboa.

Eu olhava para aquele circo de loucos e me perguntava em que cela eu tinha entrado primeiro.

— De tantas áreas, por que você escolheu justo a de relações especiais para eu trabalhar?

Perguntei a ele algumas vezes enquanto ainda nos suportávamos.

Havia noites em que abríamos um vinho e nos amávamos com raiva. Eu perguntava, ele não respondia. Uma camada do Raul me inspirava, a outra exalava covardia.

Ele tinha rompantes. E eu também.

— Por que você me transformou em alguém que eu não sou?

— Você não sabia o que a gente fazia, Alice? Claro que sabia. Na hora de aproveitar, comprar bolsa, joia, ser fotografada para revista, aí você gostava. Pois o nosso dinheiro passa por isso, o dinheiro do Brasil passa por isso. E você sabe.

Raul berrava com uma violência que me congelava. Eu encolhia os ombros, imaginava se em alguns desses rompantes ele encostaria a mão em mim.

Um dia ele saiu para um depoimento e não voltou. O advogado explicou que era melhor dissociar a figura do Raul à minha; o casamento virou uma vírgula.

Seria um tempo para eu ficar mais à vontade, eles começaram a ventilar essa versão.

Uma semana depois, encontrei a dona Ana no meio de duas malas, dobrava roupas, as meias em minuciosos rolinhos, as gravatas envolvidas em papel de seda para não desfiarem. Ao lado, alguns quadros embrulhados. Percebi os da minha mãe.

No dia seguinte, a assistente do Raul apareceu na minha casa. Etiquetou objetos, separou o que sobrou das roupas. Ela deu instruções a dona Ana, me avisou que as caixas iriam para o quarto de hóspedes, a empresa de mudanças viria quando a minha situação ficasse mais estabelecida, assim que o acesso ao meu apartamento estivesse um pouco menos restrito.

A secretária do Raul sabia. A minha empregada também. Só eu não tinha notado que iria me divorciar.

Quando minha mãe saiu do presídio, eu finalmente retornei o telefonema dele. Aquela história de ligar para o Paulo de vez em quando, que ele propôs nos meus quinze anos, eu nunca fiz. Não me senti capaz, nem gostável. Não sabia se o Paulo queria mesmo me ver, ou se só forçava a barra para redimir uma falta que era dada. Nada traria a minha infância de volta.

Paulo, então, me telefonava nos aniversários, no Natal, a gente almoçava no Guimas, eu devorava o sundae de chocolate e parava por aí. Seguia-se a normalidade da ausência, o protocolo do abandono.

Eu não sabia se merecia ir além, nem se o além ofenderia vó Tereza. Eu achava que baixar a guarda era uma traição à minha mãe, e, antes de tudo, eu tinha convicção de que cabia ao Paulo ser meu pai, e não a mim ser sua filha. Cabia a ele insistir, perguntar sobre a prova de matemática, me dar um mini poodle de presente. Nada disso ele fez.

Paulo, agora, tinha sessenta e seis anos e filhas do novo casamento. Quando minha mãe foi presa, ele me telefonou, mandou mensagem, ofereceu ajuda. Tanta gente sumiu. Ele, dessa vez, ficou.

Eu racionalizava a oferta e me perguntava o que o Paulo poderia fazer do alto dos conselhos de administração de que fazia parte. Conseguir um advogado? Minha mãe tinha três. A prisão da mamãe era uma desonra também minha. Eu carregava a cicatriz escancarada no rosto, ao acordar, tomar café, me vestir. Dialogar com o Paulo de dentro daquele breu era a constatação da derrota, a certeza de que o plano de ascensão interminável da mamãe tinha dado errado. O luto dela era meu, a humilhação era de nós duas.

Depois de seis meses que mamãe voltara para casa, enquanto ela cuidava do seu processo com uma serenidade abismal, enfim aceitei o almoço. Chamei o Eduardo. Eu e o meu irmão nos encontrávamos nos diferentes graus de deserção. Ele, que tinha virado o filho do primeiro casamento, e eu, a filha bastarda.

O papo do almoço com o meu pai vinha o mesmo toda vez. A fronteira da formalidade, jamais ultrapassada. O pastel, o jornal, o sorvete, o cabelo de novo abastado, agora num tom uniforme de cinza claro.

— Sua mãe está bem? Tudo se resolveu?

— O processo vai bem sim, obrigada.

Eu tinha aprendido que agradecer a perguntas sobre a minha mãe era a forma mais certeira de deixar meu interlocutor saber que não entraríamos naquela seara.

— Como vai a Tereza?

— Animadíssima, foi convidada para conceber uma parte da abertura das olimpíadas do ano que vem.

Então ele passava à bateria de elogios à minha avó. Gastava bons minutos destrinchando sua admiração pela atitude dela na época da gravidez da mamãe. Em todos esses anos, Paulo nunca chegou a mencionar a cuspida que vovó deu na cara dele, detalhe que eu sabia bem, graças ao almanaque de histórias que vó Tereza gostava de repetir a toda pessoa que reencontrava depois de dois meses sem ver.

Em seguida, Paulo detalhava como o trabalho da Tereza tinha revolucionado o meio artístico. Contava com saudades sobre a época em que teve a galeria. Agora ele só trabalhava com economistas, executivos, gente quadrada e sem graça. Tereza tinha feito muito pela arte brasileira, eu precisava saber disso.

Sim, eu sabia e não foi Paulo que me contou. Eu tinha visto, sentido as esculturas da vovó em minhas mãos, segurado pedaços de metal enquanto ela soldava. Eu tinha ajudado vó Tereza a passar cola nas lâminas de madeira. Paulo não estava lá, seria tão mais fácil se ele admitisse e se chicoteasse.

Eduardo salpicava risadas e ironias, abanava a minha paciência com um leque de plumas. A minha melhor ideia dos últimos tempos tinha sido trazê-lo naquele almoço.

Durante todos os meses de inferno, nunca deixei de ver o meu irmão. Desde que minha mãe foi presa, Eduardo ficou ainda mais companheiro. Ele passava no atelier da Marieta, ou na minha casa, esperava por mim papeando com vó Tereza, flertava com o Pedro. Nos finais de semana, Eduardo se esparramava comigo no sofá, assistíamos a filmes com pizza, brigadeiro quente e vinho tinto. Ele sabia da minha semana com o Jorge, lamentava que eu tivesse fugido.

— Como vai o trabalho? — Paulo passava ao terceiro e último bloco de perguntas.

— Tudo certo.

— A Carolina é muito talentosa, pai. É modesta demais. Ela desenha os vestidos sozinha. Na verdade, é ela que toca tudo, né, Carol? A tal da Marieta, um cão chupando manga, só torce o nariz.

— É mesmo? E você nunca quis abrir o seu próprio atelier, filha?

Eu tinha raiva daquele vocativo que volta e meia ele aventava baixinho, envergonhado, quase para eu não ouvir. Era um alívio para ele me chamar de filha.

— Já pensei algumas vezes, mas eu precisaria de um sócio investidor e, depois de toda essa história da minha mãe, eu tenho medo de alguém achar que eu me aproveitei... enfim...

— Entendi — Paulo me interrompeu. — Eu poderia te ajudar.

Não respondi. Por reflexo, devo ter feito uma cara de muito grata, antes de recobrar a consciência e fechar o semblante.

— Escuto o Eduardo falar tão bem do seu trabalho, sei que os casamentos hoje são uma indústria. Você pode também desenhar vestidos de quinze anos. As minhas filhas gêmeas estão com treze e já falam na festa de debutantes. Gasta-se uma fortuna com elas.

Paulo continuou a dissertação sobre as filhas, a nova família, a modernidade, enquanto eu olhava para o Eduardo e deixava o constrangimento nos unir mais um pouquinho. Pensando bem, tínhamos o mesmo formato de queixo, a mesma forma de arrastar o erre e um jeito bem parecido de olhar para cima enquanto pensávamos. Além de sermos os dois filhos deixados para trás.

— Vou considerar, obrigada — sorri para acabar com o assunto.

— Faça isso — Paulo pagava a conta. — Nunca é tarde para ter pai.

— Não sei, eu nunca tive.

Eu me despedi com o arrependimento na garganta. Talvez a minha resposta tenha doído mais em mim do que nele. Paulo tinha uma vida boa; casa, família, água de passar lençol.

Eduardo seguiu comigo pela Gávea. Dividimos um táxi, embora eu fosse para o Jardim Botânico e ele para Copacabana. Era um motivo para estarmos juntos uns minutos a mais.

— Carol, eu sei que para você é difícil... Mas tenta, quem sabe.

— Du, as intenções dele podem ser boas, mas eu não tenho a menor disposição de me colocar nas mãos do Paulo a essa altura do campeonato.

Meu irmão ficou um tempo quieto.

— E nas minhas? Olha essas mãozinhas macias de dentista, o que acha? Ah, Carol, limpar tártaro é tão chato... me diga se você conhece alguém com um senso estético mais apurado que o meu? Vamos ser sócios? Eu prometo não me meter, apareço só quando estiver muito entediado de ouvir a minha voz falar sozinha naquele consultório.

Avante

Faz oito anos. O tempo não se decide, às vezes se veste de horas, em outras, de séculos. Entrar num ambiente lotado ainda me exige força, parece que os olhos sabem onde estive.

Os tijolos da Pinacoteca me esmagam. Vejo o que Tereza construiu, bloco por bloco. O sangue dos amigos derramado, as luzes da Place d'Italie, meu pai estirado no chão, a manta de crochê no quarto da maternidade. Carolina. Nossa vida em cores, formas. Não é sobre mim, mas também é. Eu não passo ilesa.

A história da minha mãe não é estranha à minha. Somos interligadas por diferenças e, às vezes, por afeto. O amor não é uma linha reta. Por mais que ao longo da vida eu tenha afirmado o contrário, pelas cores entendo que eu não passei despercebida pela Tereza.

Fui esquecida só por ele. Paulo está com Alzheimer, não se lembra do que vivemos. Eu desejei tanto que ele não me tirasse da cabeça, para no fim a natureza cuidar disso sem que eu pudesse me intrometer, mais uma faixa para o meu disco das incontroláveis. Eu, que sempre quis deixar Paulo saber, hoje só quero que se esqueçam de mim, das minhas falhas, da mulher que fui e não sou mais.

A vida debocha e me traz para cá; sou a bailarina da segunda fila, a coadjuvante vestida de vermelho. Hoje é um dia importante para a minha mãe. Dou o braço a ela, sinto seu peito ir e vir, embargado. Sou mais uma obra da Tereza, enfileirada com as outras. Anos e anos explanados. A série Challenger. A série Mundos, que depois ela chamou de Máquina de Moer Gente. As esculturas com vitrais, os círculos.

Flashes agora incomodam, vai demorar para que eu me sinta à vontade. Tudo já foi resolvido, delação feita, acordo assinado. E daí?

Deve ser por isso que o Raul foi embora. Uns dois anos atrás, nos encontramos na Espanha. A minha raiva passou, a dele também; ninguém é um só. Tivemos bons brindes. Aos recomeços. Chegamos a ensaiar uns dias juntos. Não passou disso, eu travei. Confiar no Raul tornou-se inconcebível, feito o bebê que não conseguimos gerar. Um muro se espatifou, eu não tenho talento nem disposição para colar os tijolos de volta, para ordená-los perfeitos, iguais aos das paredes da Pinacoteca.

Bia está aqui com os seus três filhos. A visão dela, de vestido azul e cabelo comprido, me lembra que nada é irreversível, nem para sempre. Bia se casou, se mudou e adotou, uma a uma, suas crianças. Tudo em cinco anos. Encheu a vida de gente, fez as pazes com a família grande. Pegou um avião para prestigiar a Tereza. Somos a família predecessora, a família que deu a bênção, somos o que restou do antes.

A Pinacoteca está cheia. Pedro tem o sorriso mais orgulhoso que já vi. Ele e Eduardo formam um casal bacana. É bonito de ver, é certo. Eu me pergunto se já tive um amor desses: certo. Talvez nunca tenha sido para mim. Talvez eu tenha perdido a chance quando, lá atrás, decidi passear com o Paulo pelas madrugadas de Ipanema. Eu tinha dezessete anos, onde ele estava com a cabeça? Carolina veio com o namorado, um rapaz do mercado financeiro, poderia ter sido pinçado dos meus anos do Global. Tereza diz que é bonito demais, que cheira a encrenca de tão bonito. Minha filha está feliz, é curioso como um relacionamento nos legitima. Hoje vejo isso com clareza, mas precisei de tempo, tombo e leitura. Fiz ioga essa manhã, a paz necessária para estar aqui. Às vezes preciso de um fitoterápico para passar bem o dia, tomei dois antes de vir. É duro ver a vida pendurada na parede. E pensar que Tereza, mais cedo ou mais tarde, se vai, é pior ainda.

Há também luz. Reencontrar os amigos, notar que ainda estamos aqui, ver minha mãe prestigiada por seus antigos alunos. Gratidão é uma palavra brega e um sentimento bonito que me faz pensar em legado. O da Tereza é maior que o meu. A construção da arte dela me fez sofrer a falta. Ela tirava da minha parte. O pedaço maior, mais gordo, era para o mundo. Sobravam as migalhas. Pode ser egoísmo pensar que ela me devia mais enquanto podia dar à humanidade. Vou morrer e não saberei a resposta. Até que ponto viver é dedicar-se a si? Até que ponto ao outro?

Vejo o Felipe do outro lado da Pinacoteca. Por trás do vão, só consigo enxergar o seu dorso. Os cabelos cacheados até hoje lhe vão bem. Ele me vê de longe, dá um sorriso. É um pouco mais velho que eu, não lembro ao certo quantos anos. Virou um pintor famoso, tem um pavilhão em Inhotim dedicado a ele, fui até lá uma vez com Raul e Carolina. Me lembro de parar em frente às suas telas grandiosas e pensar na capacidade humana de surpreender. Eu não diria, na época dos saraus, que o Felipe teria sucesso. Tinha um jeito falastrão, piadista, eu jurava que era pura espuma.

Ele vem em minha direção até o muro à sua frente acabar. Então vejo a cadeira de rodas e me assusto. Não me acostumei com essa ideia, imagino que nem ele. Quando penso no Felipe, a imagem que me vem ainda é a do homem forte, bonito. De pé. O acidente deve ter sido há uns quatro anos, eu poderia perguntar, mas não encontro uma forma. Olho para as rodas e penso nos círculos da minha mãe. Tereza sempre comigo, ainda que ela não saiba.

— Que bom te ver, Felipe.

— Eu não perderia por nada.

Ele me pergunta se gostei da retrospectiva. Respondo que é incômodo ver a vida assim, frente a frente, eu me sinto sem roupas.

— E você acha que alguém está mais exposto do que eu? Sou um letreiro de neon desde que vim parar nessa cadeira. E pensar que passei anos pintando a minha própria vida e ninguém reparou.

— Entendo disso desde que fui presa. As pessoas não se esquecem do que aconteceu comigo. Ou talvez, no fundo, seja eu que não esqueça.

— Todo dia eu acordo e me arrependo de ter pego o carro de madrugada. Depois escovo os dentes e volto a viver. That's life, Alice.

Reparo que ele ainda é forte, bem-vestido. Tem um par de óculos espelhado pendurado na camisa. Eu me sento ao seu lado. Felipe sempre esteve aqui. Ele observou grande parte da minha vida e eu da dele. Vi suas primeiras pinceladas, escutei os poemas que declamava, contei a horda de jovens que ele mobilizava e também as horas que passava debaixo das telhas de resina do quintal da Tereza, o olhar fixo na tela em branco.

— Sua filha virou um mulherão, com todo o respeito.

Eu acho graça e, de certa forma, me gabo.

— Ela tem um atelier de vestidos de noiva.

— Eu conheço. O Rio de Janeiro é pequeno, Alice. Vocês todas ficaram famosas. E todas parecem se subestimar, é engraçado. De longe a gente vê três mulheres parecidas e ao mesmo tempo diferentes.

Eu o escuto e me pergunto o motivo pelo qual eu fiquei conhecida na sociedade. Prefiro não saber.

— Passou tanto tempo daqueles anos oitenta.

— Ela tem que idade?

— Trinta e seis.

Felipe ri, incrédulo.

— Eu via quando você saía com aquele cara pelo portão.

Eu olho para ele meio espantada.

— O Paulo, né?

Assinto.

— Várias vezes eu pensei em te mandar um papo, te convidar para uma pizza na Guanabara, mas eu morria de medo da Tereza.

Ele dá um sorriso, e eu também.

— Você não me daria bola mesmo — continua ele.

— Eu era deslumbrada pela ideia do homem mais velho, perdi meu pai cedo, ainda vou acertar as contas com Freud.

— Os traumas fazem a gente. Estou falando demais, quem sou eu.

— Enfim, foi o que tinha que ser.

— Essa frase não combina contigo, Alice. Você não acredita em destino.

— Não mesmo. Só quando passo muito tempo com a minha mãe.

Eu vejo a risada dele, ganho uma sensação quente. Eu pertenço.

Felipe, um artista, aluno da Tereza. Ele tem todos os atributos para que eu não me apaixone. Ainda assim, nessa conversa, sob o testemunho dos tijolos, entendo que nada vai me impedir.

Salto no abismo.

Sento numa sala reservada, forasteira ao frenesi da arte escancarada. Umberto me alcança. Eu não o vejo há alguns anos, não imaginei que viesse. A gente nunca enxerga o *looping* da montanha-russa.

Nossa história terminou devagarinho. Acusamos o tempo. É sempre o tempo, o de um e o do outro, compassos girando em distintas velocidades. Eu sabia que o dia do adeus iria chegar, e chegou. Umberto era chamado a outras dimensões, às estrelas que toda pessoa deve experimentar. Ele precisou buscar motivos, desculpas, agenda, terapia. Tudo para chancelar o óbvio.

Reparo bem em seu rosto. Ainda é de arrasar quarteirão, chega a irritar, meu eterno troféu. Sinto os arrepios atravessarem as décadas. Lembro, uma a uma, as nossas safadezas.

Eu tenho notícias do Umberto pelos amigos, pelas redes sociais onde passo mais horas do que gosto de admitir. Ele vive com uma menina mais nova, americana. Duvido que ela trepe como eu trepava, mas deu a ele um filho homem. Volta e meia eu me pego olhando as fotos do menino. Os olhos azuis do pai, o mesmo sorriso peralta. Imagino o seu futuro, suas possibilidades, enquanto penso para onde vou.

— A exposição está memorável, Tereza.

— Dizem que dá azar fazer retrospectiva para vivo. Que se dane, não acredito mesmo em sorte.

— Você nunca acreditou — ele se senta ao meu lado, ainda consegue manter as costas retas — Gostou da montagem?

— Não foi você quem fez, não é, Umberto? — Não resisto ao flerte. — É estranho ver tanta pompa, a minha realidade hoje é diferente. O telefone não toca, as amigas começam a faltar, ninguém compra mais meus quadros.

Eu me ouço em voz alta e paro de falar, tenho medo de soar melancólica demais. Este homem me partiu em mil pedaços e nunca os juntou. Prefiro dizer que tudo vai bem, que estou maravilhosa, com os fluidos em dia. Depois de velha, dei para me importar com o que os outros pensam. A idade me tirou uns freios, mas me trouxe outras travas.

— Obrigada por ter vindo, não esperava te ver aqui.

— Eu jamais deixaria de vir, Tereza.

Cuido de terminar logo o diálogo, mesmo que Umberto não tenha pressa de ir embora. As pessoas hoje evitam conversar. Olham para mim com muita admiração, mas poucos, cada vez menos, têm paciência de me ouvir, de esperar que eu termine de falar. Não é pessoal. Carol me explicou que todo mundo agora anseia em passar de fase. Eu não pretendo atravessar mais nada, só quero viver, bater papo, tomar uma taça de vinho, passar lápis no olho. Eu deveria ter riscado os olhos todas as manhãs, não sei por que só usava o lápis depois do meio-dia.

— E a vida, como anda? — pergunta ele.

— Passou.

— O quê?

— A vida. Eu não vi.

Umberto espreme a testa, protesta um exagero. Faz aquele sinal italiano com as mãos, *ma che*? Eu o encaro com a naturalidade da minha velhice, tento não dar pinta do quanto senti falta de ver aquele gesto em seus dedos.

— Deixa eu te explicar, Umberto, eu gosto de tudo o que vivi. Mesmo assim, tem horas que me pergunto se enxerguei os anos. Inventei cada um dos quadros que estão por aí pendurados, também as esculturas. É coisa à beça, eu sei. Por outro lado, é só isso. Quer saber da minha vida? Olha aí, foi isso que eu fiz.

Procuro um cigarro na bolsa, lembro que parei de fumar nos anos 1990.

— Tereza, eu admiro cada parte da sua trajetória — ele coloca a mão na minha perna, eu estremeço. — Pena que a vida nos levou a lugares diferentes.

— Não, Umberto, eu fiquei velha e você não quis saber de mim.

— Não foi isso, Tereza.

— Foi somente isso. E tudo bem.

A assistente do Pedro aparece na sala e me entrega um copo d'água. As pessoas têm mania de achar que velho só bebe água.

— Sabe, eu lamentava que não poderia te dar um filho — continuo.

— Você me deu a Carolina, uma linda neta.

— Neta adolescente, que papo é esse, Umberto? Você nunca a considerou sua neta, nem tinha cabimento. Estou falando de criança. Todos merecem uma criança ao longo da vida. Que bom que você teve o seu.

Ele sorri com ternura, dá um beijo no meu rosto e se levanta. Eu demoro um tempo olhando para ele, e só depois entendo que Umberto está indo embora, mais uma vez.

— Foi uma honra te amar, Tereza.

— Obrigada, foi muito bom te amar também.

Antes de sair da sala, ele me olha, de longe, e me despe inteira com aqueles olhos de lagoa.

Entrego os últimos vestidos de junho. Mês que vem o atelier entra de férias, minhas bordadeiras descansam. Ninguém se casa em julho, há uma certa convenção, não é época para isso. Amanhã viajo para a Sardenha. Eu me acanho de contar às costureiras, não sei bem por quê. Talvez pela grana, talvez pelo amor.

É a primeira vez que um homem me convida para o verão europeu. Quero beber spritz, torrar no sol, tirar fotos de biquíni, tudo a que tenho direito em duas semanas, o tempo que o Henrique tem para se afastar da gestora.

Quando fiz a mala, pensei em cada praia, cada jantar. Tirei um dia para ir ao salão e para fazer os exames do *check-up*. A vida pessoal da empreendedora é espremida na agenda, não gasto o tempo das férias com burocracias. Deixei passar os exames do ano passado. Esse semestre tenho trabalhado muito, dormido pouco, ando mais gripada. Meu médico receitou vitamina C, D, E, zinco, mandou eu colocar as ultras em dia.

Fazer mamografia antes das férias tem seu lado bom. É penoso atochar o peito naquela máquina gelada, alenta esperar pelo sol. Se homem precisasse fazer mamografia já tinham rolado os investimentos necessários para um aparelho mais confortável. Sinto frio, o exame dói. Eu me concentro na recompensa. O avião, o carbonara, a areia quente debaixo da canga. Os raios de luz no cabelo, a mão do Henrique nas minhas costas, na minha bunda. O céu cor de rosa por cima do mar, a taça de rosé. O decote do vestido verde, meus peitos à mostra na medida certa, a alcinha deslizando do ombro, Henrique de boca no meu pescoço ainda no elevador do hotel.

— Tem um nódulo na sua mama esquerda. Vou colocar BI-RADS 4, tá? Fala com o seu médico para marcar logo a biópsia.

O caderno de Tereza e Carolina

Uma vez um cara me chamou para a casa dele. Eu não queria, mas tive medo de desperdiçar a oportunidade. Se eu não fosse, ele poderia não me ligar mais. O cara foi arrogante, eu transei para não fazer cena.

Já transei muitas vezes para evitar constrangimentos.

Anos mais tarde, fui até o apartamento de um outro sujeito, sem entender aonde estávamos indo. Quando entrei na sala escura, dei a volta e fui embora. Ele me chamou de louca. Eu ouvi, ri para ele e peguei a minha bolsa.

Aquela foi a primeira vez que eu não tive medo de fazer cena.

Um grão de areia ocupa duas vezes a mesma gota de oceano? Rodopio entre o que poderia ter sido e o que foi. John cantou que a vida acontece enquanto fazemos planos. Eu não cheguei a fazer planos, nem vi a vida acontecer. Não teve sol, nem spritz. Perguntei se dava tempo de viajar, a médica respondeu que era uma opção minha, a vida não espera, a gente sempre pode esperar por ela. Tudo muda, o tempo todo, posso enumerar mil versos, palavras bonitas de grandes artistas, melhores que eu. E eu nem cheguei a ser artista.

    Mil versos para dizer que o que foi ontem hoje não é mais. O diagnóstico veio, depois a punção, enfim o laudo. Eduardo ficou ao meu lado, um dentista entende algo de medicina, um irmão sabe ainda mais de amor. Foi para ele que tive coragem de contar. Depois para a minha mãe, minha avó, e então para o Henrique.

    Henrique ficou, Henrique foi, Henrique viajou para São Paulo.

    Eu fiz os exames, esperei o plano autorizar a cirurgia. Alguém tem que apertar um botão, depois outro, e mais outro. Eles podem sair para almoçar, tomar um café, buscar o filho na escola. Enquanto isso, não tenho permissão para a cura.

Henrique ficou, Henrique foi. Uma conferência na Barra. Dormiu no hotel porque bebeu muito no jantar com a galera da gestora, não dá para bobear no bafômetro. Eu fingi acreditar, porque ninguém à espera de uma mastectomia consegue pensar diferente. A cabeça está toda ocupada com o pior, não sobra espaço para o mal.

Só que a notificação lembrando a ele de apagar as próprias mensagens pipocou no escuro. Ele surfava o sono dos justos, o sono dos de bem. Eu li, porque estava acordada. Pensava nos meus peitos, na minha morte, tinha medo de dormir.

Henrique não acordou. O relógio caro descansava na cabeceira, o cabelo cortado no barbeiro se preservava.

Não teve sol, nem spritz, por que eu achei que merecia? O amor nunca foi para mim.

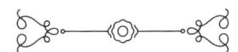

Nasci em 1944, numa noite de tempestade. Nesse novembro calorento, nesse sol de quase dezembro, faço oitenta anos. Sou um escorpião e um touro. Já me acusaram de teimosia, rancor, ardileza. Tudo por conta dos astros. A inveja é uma serpente que come as entranhas. Não nasci para nadar na superfície, que mal há nisso? Sorvo goles profundos de música, arte, whisky, abraço. Degusto. Tenho preguiça de gente hipócrita e aversão a quem se dá importância demais.

Um boliche, Tereza *on the rocks*. Chamei as amigas, as alunas do Parque Lage, algumas da turma da música, do teatro. Muitas artistas daquela época ficaram pelo caminho. Morreram de doença, de tédio, ou se casaram, tiveram filhos, netos, guardaram o desejo na caixa de costuras, no álbum de fotografias. Umas escreveram livros que nunca publicaram, outras fazem aula de canto no Centro Musical Antônio Adolpho e volta e meia se apresentam em bingos beneficentes da zona sul.

O tempo, pouco a pouco, nos juntou de volta. Somos testemunhas do que vivemos, não deixamos ninguém achar que foi sonho. Livramos uma a outra do mal da memória inventada. De quebra, temos o poder de resgatar o rock 'n' roll do poço dos diminutivos. Elisinha,

Heleninha, Ritinha. A maioria mergulhada nos setenta e cinco, algumas já passaram dos noventa.

Um boliche às cinco da tarde, com bolas de criança para ninguém sair com dor nas costas. Com música alta, *bloody mary*, calça Lee, gargalhadas de viajar no tempo. Sem filhos, maridos, netos, credo, sem netos. Sem ninguém que vá nos julgar, suspender a batata frita, o sal e cortar o nosso barato. Nossa liga sincera, feminina, esse é o meu *strike*.

As bolas giram pela pista, eu penso nos meus círculos, nas retas, no caminho. Minha vida foi de perdas, construções, privilégios. Eu estive presente, mesmo quando a presença era ausência. Quando minha presença só me permitia sentir, eu senti. Até o fim, eu sinto.

Só consegui seguir vivendo porque senti. Enterrei meus lutos. Sigo vaidosa, bebo a vida de batom vermelho, perfume e pulseiras. Penso no lado de lá, em quanto tempo falta. Não me atrevo a imaginar quantos anos faltam à Carol. Por que, justo com ela, eu me recuso a pulsar?

Amei duas vezes, o luxo não me deixa pedir mais. Os padres do colégio onde Alice e Carolina estudaram costumavam dizer que a vida é um dom de Deus. A essa altura, eu já até acredito em Deus. Por que não?

"Por que não?" é minha pergunta preferida desde os tempos em que morei com o meu Francisco em Paris. Faz décadas, mas foi nessa vida mesmo. Na língua deles fica bem mais chique, *pour quoi pas?*

Os alto-falantes tocam a música das netas. Eu me divirto, todas nós conhecemos Taylor Swift.

'Cause the players gonna play, play, play, play, play
And the haters gonna hate, hate, hate, hate, hate...

Meu Francisco, da estrela onde estiver, não deve entender mais nada. A gente deixa de dormir pensando na métrica, e aí vem uma garota e joga tudo no ventilador. Foi Carolina quem me apresentou à Taylor. Por que, afinal, eu não sinto também?

Queria ter tido mais um neto, um bisneto, ou mais uma mulher para completar nosso buquê. Alice não quis, ou não conseguiu, ela nunca me explicou, gastou a vida ocupada demais em se encontrar, para finalmente entender que não precisava ir a lugar nenhum. Não sobrou espaço para mais gente.

Carolina veio com o fardo de costurar um dilaceramento. Acabou desenhando bordados. Espero que ela possa nos levar adiante. Se ela não quiser, que honre nossa linhagem e deixe outro tesouro. Algumas de suas noivas quebrarão a cara, outras serão felizes, dia sim, dia não. Quem ama e é amado sabe que casamento é um espirro de perfume no dia a dia. Paciência, perseverança e colete salva-vidas quando a canoa virar. Do térreo não passamos, eu nunca passei.

Quero que Carolina experimente tudo isso. Por que não consigo dizer a ela? Por que não puxo o meu medo pela língua?

As meninas trouxeram um bolo de surpresa, eu me emociono. Nessa fase da vida, a emoção vem em tudo e, por vezes, quando é esperado que apareça, ela não dá as caras. Fico aliviada por, dessa vez, eu e ela acertarmos os compassos. Choro umas lágrimas, acho graça das velas em oito e zero, cheias de purpurina, chamam mais atenção que a torta. Minhas amigas sabem que idade é motivo de orgulho, e eu começo a aprender.

Faço um pedido por mais do que é bom. Pela minha neta. E berro:

— *Gracias a la vida, que me ha dado tanto!*

Braços para cima, eu rebolo, saltito, inspiro. Sopro a vela. Meto o indicador no marshmallow, lembra os bons tempos da Chaika. Onde foi parar a Chaika?

As meninas comem o doce e a farra passa devagar, eu deixo o fogo ir embora, o açúcar absorver o pileque.

Elas começam a falar sobre netos, bisnetos, hidroginástica, fisioterapia, golpes pelo telefone. Somos o que somos, estamos onde estamos. Aqui.

Faço questão de voltar dirigindo, carrego a caixa com o resto do bolo. Somos cinco ao todo no meu carro. Saio da Barra, deslizo pelo Rio, o meu Rio, o mar, as luzes, nenhuma noite é tão linda quanto a carioca. Tenho vontade de abrir os vidros, sentir o cheiro da maresia, as garotas não deixam. Ouvimos Raul Seixas, *eu do meu lado aprendendo a ser louco*. Essa foi a missão da minha vida, voar.

O trânsito, sem aviso, engasga na orla. Não conseguimos ver o que há lá na frente, elas verificam as travas das portas.

— Que merda, é uma lei seca.

Eu passo bem devagar, acendo a luz interna. O policial, de longe, olha para dentro do carro.

Ele não perde dois segundos hesitando, manda que a gente siga.

Somos velhinhas. Incólumes, indefesas, impassíveis de qualquer lampejo.

Depois que deixo os polícias para trás, eu abro o vidro e grito:

— Eu ainda bebo, bicho!

Às vezes me dói pensar que vivíamos algo que não chegamos nem perto de começar a viver. Eu deveria saber. Deveria ter mantido os pés no chão e percebido que nada, nada daquilo era para mim.

Não sei por que acreditei que o Henrique me teletransportaria para planetas distantes, para um universo inteiro que nunca conheci, desses que vó Tereza gostava de me contar, coloridos das cores que ela pintava. Foi só impressão.

Eu coleciono estupidezes. A notificação era caprichosa na maldade, precavida do ato falho. Por que não apagar logo as mensagens em vez de deixar um lembrete? Das cinco à meia-noite dá tempo de um flerte, um drink, uma transa gostosa, duas até. Toda essa história de amor correspondido é reservada a poucos. Gente bem-nascida, com pai, primos, labrador. Gente que foi feliz desde criancinha.

Eu nasci bastarda. Quando o nosso atelier deu certo, meu irmão me contou que o dinheiro do investimento veio do Paulo. Não cheguei a me sentir traída pelo Eduardo, eu não me dou ao luxo de ficar triste com ele. Procurei o Paulo, queria devolver o valor corrigido, ele não aceitou. A recusa não mudou o que sinto. Não é rancor, só não é paternidade. Quem sabe, um dia, eu mude de ideia. Hoje o Paulo é um foguete que ficou pelo caminho, junto com a sua memória. Meu pai não me viu doente, fui das primeiras pessoas que ele esqueceu.

De longe, eu vi o Paulo esmaecer, às vezes devagar, às vezes muito rápido, no abismo do próprio esquecimento. Presenciar um pai ausente apagar a própria memória é reviver camada por camada o abandono. Cada babado dos meus vestidos é um trauma de tule.

De vez em quando eu me pergunto quem irá primeiro, eu ou ele. Tenho os pés calejados, a pele curtida. Resisti até aqui sem um pai. Vou sobreviver à cirurgia, à quimio e a todos os babacas que me abandonarem. Eu me acostumei a andar só, cresci com o silêncio, com a falta de luz. Eu troco de pele, eu aperto os dedos para caberem no sapato. Farejo, desconfio, eu não pisco.

Nada desse mundo é para mim. Mas, por um momento, essa história com o Henrique me levou para tão longe que, só por um instante, eu acreditei que pudesse enganar o destino.

Foi só impressão.

Há um mês Carolina está no hospital. A cirurgia foi delicada. Passou. Eu não sei o que virá, mais uma vez. Algum dia soube?

Felipe está conosco o tempo todo. Há algum tempo moramos em São Paulo, mas desde que Carolina decidiu operar, eu estou no Rio com ela. E Felipe está comigo.

Sentimos falta do nosso apartamento sem escadas; com rampas, pé-direito alto, grandes telas do chão ao teto. Com Felipe fiz as pazes com a arte, passei a entender o trabalho da Tereza, as horas, o silêncio. Entendi que o silêncio pode ser um jeito de amar.

A gente vem do hospital para esse hotel e do hotel voltamos ao hospital. É doído, é terrível, mas Felipe faz ser leve. Ele se deita na cama comigo, escuta os meus medos, as ânsias que não controlo. Eu falo, falo, canso. Nunca me permiti dizer, até hoje fui forte, dei conta. Agora eu posso ter dúvidas. Voltei a chorar.

Felipe me escuta, medita e depois me ama. O sexo é divino, renova minhas crenças. A gente se alimenta um do outro e segue juntos. Eu gosto de vê-lo pintar, quando apareço de vez em quando em seu atelier. Felipe me recebe com mãos de tinta e me oferece seu colo. Estamos há um mês nesse hotel, meu amor está esse tempo todo longe dos pincéis. Eu pergunto se ele não sente falta. Ele responde que sim, a cada minuto, mas ficaremos o tempo que for.

Tempo. Não sei quanto falta, ou quanto vai durar. Eu deixo o estômago apertar, o pânico entra e custa a ir embora. Minha filha, minha única filha. Ontem Carolina conseguiu tocar o violão que levamos para ela na semana passada. *What a wonderful world...*

Passo grande parte dos dias com a certeza de que Carolina vai viver. Então chega uma noite em que não consigo dormir. Meus pés se inundam, vejo a barata ir e vir, aquele hospital é tão fétido quanto o odor de Bangu.

Abraço o Felipe e me aninho em seu peito. Ele beija meu ombro e me ajuda a respirar. Eu olho para suas pernas, penso em tudo que já viveram, e então me lembro da minha travessia. Precisei ser presa para me libertar. Precisei de uma cadeia para sair da cela em que vivia. Eu me acalmo. Atravesso.

Ela vai viver.

Quando minha filha nasceu, Tereza me disse que o nome Carolina significa mulher livre. Tenho fé que esse é o degrau que falta para que Carol se dispa de suas correntes.

Para que Carolina seja só ela mesma, livre para a vida.

O caderno de Tereza e Carolina

Minha avó me ensinou a nunca sair sem batom e sem dinheiro na carteira.

Eu a fiz aprender a jamais ficar sem bateria no celular.

Só que de vez em quando a gente falha. A gente erra em coisas bem piores que isso... E a vida, em geral, faz dar certo.

Os médicos me liberaram para o trabalho. Tecidos me fazem bem, transparecem o que vem do outro lado. Eu evito os opacos, passo meus dias com véus, rendas e *point d'esprit*. Quero enxergar além, entender o depois.

Há dias chegam vasos de margaridas no atelier sem cartão nem remetente. Acho que o rapaz da floricultura anda enganado, ou que o pessoal da feira deixa na porta um ou outro vaso não vendido. As florezinhas aparecem sem dia certo nem procedência.

Sei que inspiro pena. Uso lenços de seda cheios de tons na cabeça, visto as enormes argolas que vó Tereza me deu. Eu me preocupo com o meu semblante a cada dia que venho trabalhar. Encarno as divas dos anos 1970, de salto e pantalonas. Antes, toda a minha atenção era para as noivas. Agora eu tenho vontade de me colorir para atendê-las. Gosto de ouvir suas histórias, de acreditar que é possível. O batom vermelho as deixa mais à vontade em me falar sobre o futuro.

Os vasos passam a chegar a cada dia.

A cada hora.

O último traz o Jorge.

Uma das costureiras me chama em minha mesa. É cedo, o atelier ainda não abriu. Jorge usa calça jeans, camiseta, um moletom marinho que parece novo. O tênis de couro reluz, também deve ser. Ele anda de um lado para o outro com os braços cruzados, observa as araras sem tocar nos vestidos.

Eu entro na sala, ele se vira, a gente se enxerga. Jorge é o mesmo de nove anos atrás. Eu sou outra. Estou magra, perdi meus peitos, meus cachos. Por dentro, pouco permanece.

Ele me abraça, eu me aconchego no moletom, um ninho de silêncio e palavra.

Sentamos no pátio interno do atelier, meu grande jasmim-manga floresce, branco e mudo. Anos atrás, quando escolhemos essa casa, o Eduardo enlouqueceu com o pátio. Vamos plantar beleza? Meu irmão escolheu a jabuticabeira, e eu, o jasmim. Passa metade do ano pelado, eu não ligo. A época de perfume compensa, me faz pensar em tudo que é preciso acender e apagar; a redenção é um jardim de paciência.

— Uma vez você me pediu uma flor, eu fiz uma brincadeira com o guardanapo, porque não tinha dinheiro naquele dia, não tinha mesmo. Há um tempo eu me lembrei disso, e quis te dar todas as flores que não te dei esses anos. Eu não nado em grana, não tenho o padrão a que você foi acostumada, mas já dá para comprar uma dúzia de vasos de margarida — ele disse meio rindo, meio sem graça.

— Eu estou doente, Jorge.

Sei que não preciso dizer. Ainda assim, eu digo; para me livrar do nó. Sempre que posso, sopro para fora a tristeza, peço que não volte.

— A minha mãe me contou. Eu me separei, Carolina, tem uns meses. Eu queria ter vindo antes, mas não podia começar com o pé esquerdo. Não de novo.

Ele me olha à vontade, faz um carinho no meu pescoço. Seus dedos driblam o lenço, as argolas. É bom ter o Jorge aqui. Várias vezes eu quis mostrar a ele o meu atelier, eu tenho orgulho de onde meu sonho me levou, ainda que esteja perto de acabar.

Jorge espreme os dedos.

— É maluquice minha, pretensão, largar tudo e aparecer assim. Eu tenho uma filha, a peixaria, os restaurantes, tenho uma vida lá em Búzios. Mas não adiantava ficar casado e pensar que, a cada noite que eu dormia, era um dia a menos com você, Carol. A gente perdeu tanto tempo, não quero nos privar de nem mais um segundo — ele segura na minha mão. — Se você topar me dar uma chance, é claro.

Eu passo um tempo calada, sentindo a mão do Jorge. Procuro os calos, as novas cicatrizes de anzol. Sinto seus dedos, é uma paz ter o Jorge em mim.

Duas décadas para ele dizer o óbvio e eu aceitar ouvir. Suas palavras agora são tão simples, ridículas, a redundante constatação do amor. O amor é essa luz que ultrapassa cortinas, tão forte que cega. Eu e o Jorge precisamos do fim para voltar a enxergar.

— Girassóis.

Ele me olha, não se preocupa em entender. Seus olhos têm um pouco de água, eu me vejo ali dentro, espelhada, posso enfim mergulhar.

— Me dê então girassóis daqui pra frente. Eles buscam a luz, já pensou nisso? Na minha cabeça, Van Gogh pintou tanto girassol porque ele queria beber vida. Até que desistiu. Há certa dignidade em desistir. Estou bem assim, Jorge. Tenho reparado na grandeza de quem aceita, na vitória de quem não venceu. Sabe a música? *Eu que já não quero mais ser um vencedor...*

— *Levo a vida devagar, pra não faltar amor* — ele completa a letra. Jorge sorri um pouco.

Seu sorriso continua bonito, apesar dos dentes consertados. Ele continua:

— Você pode jogar a toalha, Carol, claro. Eu não quero te impedir, só você sabe dessa história.

Reparo que Jorge ainda guarda a serenidade de quem respira o mar.

— Eu queria ter vindo antes, desculpa não estar com você desde o início. Desculpa não ter lutado mais pela gente lá atrás.

— Não dava para ser diferente.

— Agora eu tô aqui, quero muito que você não desista, Carol, não agora.

Jorge abre uma caixinha e tira uma fita de dentro. Pede meu pulso. É um veludo vermelho, há duas medalhas, uma de Nossa Senhora das Graças e outra do símbolo do infinito.

— Vermelho? — eu o pergunto enquanto ele amarra o presente em mim.

— Cor da vida.

— Você ficou tão cheio de gestos depois de adulto.

— É que eu não durmo mais no cheque especial.

Solto uma gargalhada triste, Jorge também. Ele me beija. Seu beijo ainda é doce, mais doce que antes.

Estou em casa.

A primeira vez que o Jorge me pediu em namoro, na areia, debaixo da lua, eu me achei ingênua demais por querer chorar. Agora minhas águas caem sem pedir permissão.

— Jorge, vai ser sofrido. Eu tenho duas metástases. Para vir comigo, você precisa saber que a gente só tem o hoje.

— Tudo bem. A vida não é ontem, nem amanhã. É frase de banheiro de boteco, de para-choque de caminhão.... mas essas são as mais verdadeiras, repara. — Ele passa os braços em volta do meu corpo. — A nossa história começa de novo, Carol. Pelo tempo que tiver que durar, que Deus permitir. Pode até ser pra sempre.

Por hoje eu não preciso aceitar. Posso viver uma vida de sol, giro e beijo. Pelo tempo que durar o hoje.

Trago o Jorge para o meu escritório. Despejo pelo chão os rolos de tecido. Deito nessa nuvem e o convido. Mostro a ele minhas transparências, o tule não nos deixa ver o que vem abaixo de nós. É um alívio não saber.

Hoje.

Nada na existência é perfeito, muito menos compreensível. Por que tentei tanto caber?

Se o mar de Búzios não tivesse ondulado, se os círculos da Vó Tereza não borrassem, se minha mãe não tivesse os pés descalços, se os furos não aparecessem na tela, se meu pai não tivesse me abandonado, essa não seria a minha história, eu não seria quem eu sou.

Demorei a entender que a vida é só uma sequência de voos, deslizes, perfumes, apoteoses. Uma sequência de hojes.

Jorge se enrosca no meu ouvido:

— Complicada e perfeitinha.

Ele sopra.

Entre os meus tecidos, eu o beijo, com toda a vida que tenho.

Elas me dão as mãos.

Mamãe tem os olhos vermelhos. Posso pensar em cometas, medusas, sequoias, cristais, e me ocupo com a constatação do quanto a minha mãe mudou seu estilo nos últimos anos. O cabelo mais comprido, menos arrumado, os conjuntos de seda, suas bijuterias sustentáveis. Ela nunca deixará a elegância, agora só não faz mais esforço. Mamãe deita ao meu lado, eu aceito o carinho. Ao longo da vida, ela aprendeu a dar e eu a receber.

Vó Tereza serena. Já atravessou embates, perdas, desvios. Na poltrona, vejo o seu crochê violeta e me pergunto quando ela aprendeu a usar as agulhas. Os fios para baixo e para cima, embrenhados como nós. Passado, presente, haverá futuro? Eu me lembro dos escritos, a cada página mais impublicáveis.

— Vó, você pega o caderno de volta? Está no apartamento, na gaveta da minha mesa de cabeceira. Você promete para mim?

Ela encosta a palma da mão no meu coração.

— Carolina, lembra que temos luz e sombra aqui dentro. Tristeza e alegria caminham lado a lado. A sombra é o testemunho de que não somos, é o recado de Deus para o corpo. Você consegue ver e não tocar, ela está ali para te lembrar de que logo todo mundo se vê do outro lado.

Talvez por isso vó Tereza lesse tanto para mim a história do Peter Pan quando eu era criança, para me explicar sobre o purgatório. Ela continua com suas palavras embaçadas, eu não retenho mais. Sei que, no fundo, minha avó quer me dizer para eu não ter medo da morte.

Penso nos samurais, nos livros sobre meditação que mamãe começou me dar de presente nos últimos anos. Se eu não temer a morte, já estou morta.

Aceito o medo. Vou com ele. E quero voltar.

É preciso olhar com certa distância, depois de perto, e depois novamente de longe, minha avó costuma dizer.

Ela está aqui, deitada no caixãozinho estreito, branco por dentro, por fora listrado de Klein, amarelo, fúcsia, lilás, esmeralda. As cores que, segundo ela, precisará levar para a outra vida.

Estou inteira com vó Tereza, à sua direita, mamãe à sua esquerda. Ela chora sem entender. Acabou, foi isso o que viveram. De longe e de perto, enxergo o amor que minha avó me dedicou, um amor que ela não conseguiu cantar para a minha mãe por motivos infinitos, por infinitos incontáveis.

Agora, com a tal da distância, percebo que mamãe fez o mesmo comigo.

Tereza foi uma grande artista e a maior das avós. Uma senhora com ponteiros à frente e generosidade para redimir os erros de sua própria maternidade. Minha relação com a vovó já nasceu diferente. O berço pintado por ela, meus brinquedos dormindo entre as séries de pinturas. Cresci vendo a vovó ter suas obras vendidas sem esforço, era moda ter a Tereza na parede, uma moda cara. Ela mereceu cada fatia da veneração que recebeu.

Dou à minha mãe um lenço rosa bebê. Há um grande cortejo, o maior que já vi. Cantamos. *Respeito muito mi-*

nhas lágrimas, mas ainda mais minha risada... Usamos todos os tons, como Tereza pediu. Eu vim de royal, a cor do manto de Nossa Senhora. Pelos meus cálculos e desejos, ela já abraça vó Tereza. É estranho ter o sagrado e o profano tão perto. Pensando bem, talvez não seja, quando lembro que esse é o funeral da vovó.

É preciso olhar com certa distância. Eu enxergo vó Tereza através da janela de vitrais da fazenda que não conheci, com o afastamento temporal que minha mãe não teve. Talvez ela entenda, daqui a uns anos, quando a melancolia tratar de incinerar as pontas, quando só restarem os círculos, quando os infinitos puderem enfim ser contados.

Olho uma última vez, agora de perto.

Vejo que sou eu no caixãozinho, meu corpo encolhido, seco.

Acordo no hospital. Visto azul. Vovó está à minha direita, minha mãe à esquerda.

Esclarecimentos

Preciso dizer que nas obras e ideias de Tereza há conceitos de Carlos Cruz-Díez, Abraham Palatnik, Lygia Clark, Antonio Assis, Georgia O'Keeffe, Jesús Rafael Soto, Willem de Kooning, Hélio Oiticica e Adrianna Eu.

Esse livro não teria sido escrito sem o "1968, o ano que não terminou", do imortal Zuenir Ventura.

A frase "faça o que quiser, mas não com qualquer um" é uma adaptação de uma fala da grande Leila Diniz, que ouvi anos atrás numa aula da antropóloga Mirian Goldenberg.

Agradecimentos

Agradeço a Editora Rocco por me acolher de forma tão bonita.

A Ana Lima, minha editora, pelas leituras e conversas. Por abraçar minhas palavras, por ouvir meus medos e também por insistir quando foi preciso.

A Roberto Jannarelli pela leitura atenta e cuidadosa.

A Mariana Rosas, minha sempre primeira leitora, pelos debates sinceros e opiniões talvez imparciais.

A Jana Luana por todo material fornecido sobre os artistas cinéticos.

A Renato Stafford por um dia ter me sugerido ouvir o álbum "Alucinação", do Belchior.

A Fernanda Sola, por segurar a minha mão.

A minha mãe, Simone, por há muitos anos ter me presenteado com o *Relatório Hite* e por me dar ele de novo quando tive a ideia de usá-lo como referência na escrita desse caderno de Tereza e Carolina.

A Begoña Gómez Urzaiz pelo seu maravilhoso ensaio *As Abandonadoras*.

Ao Arthur, meu filho, esse amor que me pegou de calças curtas, por despertar em mim a vontade de escrever sobre as belezas e agruras de ser mãe.

De forma especial, agradeço ao Luiz Gustavo, meu marido, por me entender artista, por me inspirar a trabalhar e sonhar, na mesma medida desmedida. E também por conversar comigo sobre os anos de chumbo e a noite dos ovnis.

Impressão e Acabamento:
BARTIRA GRÁFICA